KB124004

로크미디어가
유혹하는
재미있는 세상

이것이 나이다

이것이 법이다 107

2021년 3월 4일 초판 1쇄 인쇄
2021년 3월 9일 초판 1쇄 발행

지은이 자카예프
발행인 이종주

총괄 김정수
경영 지원 배진경 임혜솔 송지유

기획 이기헌 왕소현 박경무 강민구
책임 편집 최전경

발행처 (주)로크미디어
출판등록 2003년 3월 24일
주소 서울시 마포구 성암로 330 DMC첨단산업센터 3층 318호, 319호
Tel (02)3273-5135 **편집** 070-7863-8592 **Fax** (02)3273-5134
홈페이지 rokmedia.com **E-mail** rokmedia@empas.com

ⓒ 자카예프, 2015

값 8,000원

ISBN 979-11-354-8909-9 (107권)
ISBN 979-11-255-9575-5 04810 (세트)

이것이 법이다

107

자카예프 장편소설

ROK
MEDIA
로크미디어

CONTENTS

전쟁이다, 이것들아

　노형진은 빌 조던의 말에 심각한 얼굴이 되었다.

　"도망갔다고요?"

　"네. 관련 영장을 받아서 현장을 급습했을 때 농장은 비어 있었습니다."

　"그러면 아편은?"

　"예상대로더군요."

　호텔로 다급하게 찾아온 빌 조던의 말에 노형진은 커피 한 잔으로 잠을 쫓아내고는 신중하게 들었다.

　그리고 그 이야기를 들으면서 점점 얼굴이 일그러졌다.

　"그러면 거기에 잡혀 있던 사람들은요?"

　"애석하게도 안 보입니다. 아마도 끌고 간 모양입니다."

"으음……."

노형진은 저절로 신음이 나왔다.

"다른 곳에 또 다른 농장이 있다는 소리군요."

양귀비는 생각보다 많은 노동력이 들어가는 식물이다.

그럴 수밖에 없는 게 한꺼번에 걷어서 탈곡하는 쌀과 다르게 한 그루마다 사람이 붙어서 상처를 내고 즙을 모아야 하기 때문이다.

만일 거기서 사람들을 끌고 도망갔다면 그건 노동력이 필요한 다른 농장이 있다는 소리다.

"애초에 그 농장이 아주 큰 것도 아니었고요."

"그게 작은 거라고요?"

노형진은 혀를 내둘렀다.

하긴 호주의 땅은 엄청나게 넓다.

일반적인 다른 농장과 비교하면 턱도 없이 작은 곳일 수도 있다.

"중요한 건, 그들이 모든 걸 깔끔하게 정리하고 갔다는 겁니다."

"깔끔하게라니요? 어느 정도로요?"

"재만 남았습니다."

"재만?"

"그렇습니다."

그들이 도착했을 때 건물이라고 할 수 있는 것은 전혀 없고 재만 남아 있었다고 했다.

양귀비야 뜯어 갈 수가 없으니 놓고 갔다지만 다른 건 싹 태워 버린 것이다.

"아무리 목조건물이라 빠르게 탄다고 해도 너무 빠른 거지요."

영장이 청구되자마자 사라진 그들.

그게 의미하는 것은 하나뿐이다.

"내부에 스파이가 있군요."

"예상은 했습니다. 어찌 되었건 백인 우월주의에 빠져 있는 미친놈들은 많으니까요."

그리고 그중 일부는 실제로 국가에 속해 있다.

그러니 그런 놈들이 겉으로는 법률에 따라 일을 하지만 속으로는 우월주의자들과 함께 사람들을 노예로 부려 먹는다고 해도 딱히 이상할 것은 없었다.

"지금 내부에서 수사하고 있지만 아시다시피 제대로 될 것 같지는 않습니다."

기밀 사건도 아니었기 때문에 아는 사람도 많았고, 그래서 특정하는 것은 상당히 힘든 일이었다.

"내부에 누가 있는지도 모른다는 건가요?"

"애석하게도 백인 우월주의가 워낙 심해서……."

"끄응……."

보통 백인 우월주의라고 하면 미국을 생각하지만 미국은 그쪽으로는 처벌이 강해서 대놓고 티를 내지 못한다.

실제로 미국의 모 기업의 CEO는 비행기에 탈 때 백인 우월주의 글을 인터넷에 올렸는데, 착륙할 때 자신이 잘렸음을 알았다.

그에 반해 유럽이나 호주는 그러한 우월주의에 대한 강한 처벌이 없기 때문에 의외로 그들의 백인 우월주의는 상당히 강했다.

"그렇다고 해도 단순히 백인 우월주의만으로 정보를 흘리지는 않았을 텐데요?"

"거기에 돈도 엮여 있겠지요."

울트라화이트는 자유호주당에 적지 않은 돈을 기부하고 있다고 했다.

그 말은 다른 자들에게도 돈을 줄 여력이 된다는 소리다.

그것도 비공식적으로.

"지금 내부에서 감사가 시작되었지만 이후에 어떻게 될지는 잘 모르겠습니다."

감사한다고 해서 바로 범인이 나오는 것도 아니고, 진짜 그 정보를 흘린 자들이라면 그렇게 쉽게 자신을 드러내지도 않을 것이다.

대피 같은 거야 전화 한 통만 해도 충분히 시킬 수 있으니까.

"그렇다고 모든 사람들의 핸드폰을 모조리 검사할 수는 없는 노릇이고."

빌 조던은 곤혹스러운 듯했다.

하긴 이 정도 마약 농장을 가진 놈들을 도망치게 했으니 그가 누구든 위험한 인간임을 알 수가 있다.

"마약 농장에 대해서는 소각 처리할 예정입니다. 하지만 관련된 물건이 하나도 없어서……."

"싹 탔나요?"

"네, 아주 싹 태웠습니다. 종이 한 장 남은 게 없습니다."

"그렇단 말이지요."

노형진은 자리에서 일어났다.

"어디 가십니까?"

"과연 얼마나 탔는지 구경하러 갑니다, 후후후."

노형진은 현장으로 향했다.

현장에 남은 거라고는 빌 조던의 말대로 오로지 재뿐이었다.

양귀비가 자라던 밭은 호주 경찰에 의해 전소되었고 사람들이 있었던 곳 역시 완전히 타서 남은 게 없었다.

"이쪽이 사람들이 있었던 것으로 추정되는 곳입니다."

정확하게 말하면 창고라고 할 만한 공간.

나무로 지어졌던 듯한 공간에 남은 것은 족쇄를 고정할 수 있도록 만들어진 쇠뭉치뿐이었다.

"만일 그냥 불을 질렀다면 도망도 못 가고 죽었을 겁니다."

다행히 그들이 사람들을 데리고 도망가서 죽은 사람은 없는 모양이었다. 만일 여기서 사람이 죽었다면 당연히 사람 뼈나 시체가 있어야 하는데 그런 건 없어 보였다.

"다른 쪽은요?"

노예들을 여기다 뒀을 뿐, 여기에 다른 놈들이 같이 살았을 가능성은 없다. 이런 열악한 환경에서 느긋하게 살려고 하는 놈은 없을 테니까.

"저쪽입니다."

창고에서 좀 떨어진 곳으로 가자 거기에는 타다가 만 가건물이 보였다.

"여기는 그나마 좀 멀쩡하군요."

"목조건물보다는 좀 오래 탔거든요. 그래 봤자 뼈대뿐이지만."

안으로 들어가자 보이는 것은 시커먼 재뿐이다.

종이 같은 건 아예 다 타서 재가 되어 뭉개졌다.

"깔끔하게 처리했군요. 하긴 증거를 없애 버리기에는 불을 지르는 것만큼 확실한 방법도 없지요."

건물 안에 가득한 휘발유 냄새.

한국처럼 보일러를 쓰지 않는 곳이니까 상시 휘발유가 있다는 것은 한 가지를 의미했다.

"만약에 대비한 거군요."

비상시에 이곳을 싹 쓸어버리고 갈 수 있도록 휘발유를 준

비해 둔 것이 분명했다.

"추적해야 하는데 마땅한 게 없습니다."

빌 조던은 안타깝다는 듯 말했다.

뭐든 남은 게 있어야 추적할 수 있는데, 진짜로 남은 게 없었다.

'그건 일반인 기준이고.'

하지만 노형진은 달랐다.

불에 타면 모든 증거는 사라진다.

하지만 그 안에 남긴 기억은 사라지지 않는다.

물론 아예 부서진다면 모르지만, 아무리 불이 거세다고 해도 그 형태가 남는 물건이 있기 마련이다.

'가령 냉장고라든가 변기 같은 거 말이지.'

깨지고 그을리고 찌그러들었지만 기억을 읽을 정도의 형태는 유지한다.

물론 그런 물건에서 중요한 기억을 읽을 수는 없겠지만 다른 물건에서는 기억을 읽을 수 있었다.

'가령 이런 거 말이지.'

구석에 있는 철제 테이블과 철제 의자.

시커멓게 변해 버린 그 물건은 싸구려였다.

하지만 딱히 중요한 업무를 보던 공간이 아니어서인지 그런 걸로 대충 채워진 건물 안.

"이게 그들이 업무용으로 쓰던 물건인가 보군요."

"네."

노형진은 슬쩍 의자에 손을 올렸다.

그리고 최근의 기억을 읽기 시작했다.

가장 먼저 그의 귀에 들린 것은 누군가의 목소리였다.

"엔더슨 검사, 그게 무슨 말이야? 영장이라니!"

―경찰이 영장을 청구했어. 당장 그곳을 떠나.

"어떻게? 여기는 누구도 몰라!"

―그건 중요한 게 아니야. 확인은 나중에 해도 되니 당장 떠나. 경찰에서 지금 경찰 특공대를 동원할 거야.

"뭐라고? 젠장! 알았다. 바로 떠나지. 노예들은 여기서 처리할까?"

―미친 소리 하지 마. 지금 떠나면 단순히 마약 사범이겠지만 그들을 죽이고 떠나면 대량 학살 혐의가 붙어. 아무리 나라고 해도 그건 커버 못 해.

"큭. 그러면 다른 농장으로 보내도록 하지."

―관련 자료 소각하는 건 잊지 말고.

"고맙네. 당장 이곳을 떠나지."

전화를 끊은 남자는 누군가에게 소리를 질렀다.

"잭, 휘발유 가지고 와! 모조리 불태운다! 나머지는 노예들을 꺼내 모조리 데리고 다른 곳으로……!"

기억은 거기서 끊어졌다.

아무래도 앉아 있던 자리에서 일어난 모양이었다.

'생각보다 노예가 많은데?'

노형진은 자신이 봤던 그 사진에 있는 노예들만 생각했다.

하지만 그들이 여기에서 운영하는 노예는 무려 서른 명이었다.

그중 네 명은 여성이었고, 노동력과 더불어 그들의 성욕 해소용 취급까지 받고 있었다.

"뭐 하십니까?"

"아닙니다."

노형진은 테이블 옆에 있다가 손을 털고 움직였다.

그의 사이코메트리 능력을, 저들은 모른다.

그러니 여기서 그들에게 기억을 읽었다는 것을 알려 줄 수는 없다.

"일단 이 안에서 최대한 자료를 찾는 게 중요하겠네요."

"그렇지요."

"저도 나름대로 알아보겠습니다."

노형진은 고개를 끄덕거렸다.

⚖

"엔더슨 검사요?"

"네. 혹시 아십니까?"

노형진은 다음 날 빌 조던을 찾아갔다.

거기서 바로 물어볼 수는 없었지만 하루쯤 시간이 지났으니 다른 곳에서 정보가 들어왔다고 대충 둘러댈 수 있기 때문이다.

"엔더슨 검사라면 저희 지역의 검사장 보좌입니다만."

"그래요?"

"혹시 무슨 정보가 있습니까?"

빌 조던은 묘한 표정으로 말했다.

그는 노형진이 마이스터의 사람이라는 걸 알고 있고, 마이스터의 정보력은 절대 약하지 않다는 것도 알고 있다.

특히 범죄에 관해서는 누구보다 빠른 정보력이 그들의 특기라는 것도 말이다.

"엔더슨 검사가 그들과 일종의 커넥션이 있다는 제보가 있습니다."

"커넥션?"

"네, 그들과 손잡았다는 거지요."

"엔더슨 검사라."

빌 조던은 자신이 아는 엔더슨 검사에 대해 생각하다가 머리를 흔들었다.

아는 게 별로 없었다.

"제 기억이 맞는다면 엔더슨 검사는 딱히 특출 난 건 없군요."

"뭐, 사건이랑 엮인 적이 있나요?"

"그런 것도 없습니다."

"혹시 그 사람의 담당 사건 기록을 볼 수 있을까요?"

"그거야 어렵지 않습니다만."

"확인 부탁드립니다."

노형진의 부탁에 빌 조던은 그의 사건 기록을 조사해 왔다.

노형진은 자료를 받아 들고는 고개를 끄덕거렸다.

"예상대로군요."

"예상대로라고 하심은?"

"그의 구형량은 상당히 차이가 많이 납니다. 그가 알게 모
르게 인종차별을 하고 있다는 거지요."

가령 엔더슨이 강도 사건을 구형하는 경우 백인은 3년, 흑
인은 대략 4년에서 5년이다. 그런데 황인 같은 경우는 아예
5년 이하로 떨어지지 않는다.

"물론 구형은 검사의 소관이기는 합니다만, 이 정도로 차
이가 나는 경우는 별로 없습니다. 그 말은 엔더슨이 인종차
별 주의자라는 걸 의미하지요."

강도뿐만 아니라 대부분의 사건에서 유색인종은 그 구형
량이 상당히 높았다.

"그뿐만 아니라 사건의 패소 비율도 다릅니다."

백인의 경우 패소 비율이 1% 정도다.

그런데 유색인종은 패소 비율이 10% 이상이다.

"이게 차이가 있는 건가요?"

"차이가 있지요. 그는 검사입니다. 사건을 기소할 권리가 있지요. 일반적으로 검사는 패소하지 않기 위해, 확실하지 않은 경우 기소하지 않는 성향이 있습니다."

그래서 대부분의 국가에서 유죄 판결 확률이 97%는 가뿐하게 넘어간다.

즉, 애초에 질 것 같은 싸움은 하지 않는다는 소리다.

"그런데 유색인종에 대해서만 패소율이 10%입니다. 일반적인 검사 기준으로 본다고 해도 너무 높지요."

쉽게 말해서 기소를 하면 열 건 중 한 건이 패한다는 거다.

"즉, 엔더슨 검사는 유색인종 사건에 대해서는 다른 백인 사건에 비해 무리한 공소 제기를 한다는 걸 의미합니다."

그러다가 판사에게 걸려지는 것이다.

"그것만 가지고 인종차별 주의자라고 볼 수는 없지만 확실히 의심스러운 정황이기는 하군요."

빌 조던은 눈을 살짝 찡그렸다.

법을 집행하는 자로서 철저하게 중립을 지켜야 하는 검사가 인종차별 주의자라는 게 그는 영 마음에 들지 않았다.

"그는 아마 지금까지는 그런 성향을 잘 감췄을 겁니다."

법원에서 인종차별 여부를 가지고 특별히 문제 삼을 일은 없으니 지금까지는 승승장구했을 것이다.

"어쩌면 범인이 백인이고 피해자가 유색인종이라는 이유

하나만으로 범인을 풀어 주거나 형량을 줄여 줬을 가능성도 충분하지요."

"으음……."

빌 조던은 부정할 수가 없었다.

그가 아는 수많은 극단적 인종차별 주의자들은 살인도 불사한다.

그러니 피해자가 유색인종이고 가해자가 백인이라면 그 형량을 줄여 주거나 풀어 주려고 하는 것도 충분히 있을 수 있는 일이다.

"아직까지 많은 사람들이 인종차별을 하지요."

"당연한 겁니다. 인간은 누군가를 차별하지 않고 살 수가 없어요."

인종이 아니라 다른 것에서라도 차별하려고 하는 게 인간이다.

인종이 안 되면 종교, 종교가 아니면 성별, 성별이 아니면 지역, 이도 저도 안 되면 나이까지.

"남과 비교해 하나라도 더 우월한 걸 찾아서 그걸로 이기려고 하는 게 인간입니다."

꼰대라는 게 왜 생기겠는가?

그들은 나이로 상대방을 이기려고 하기 때문이다.

다른 걸로는 이길 자신이 없으니까.

"다만 그걸 억누르느냐 아니냐가 문명을 판가름할 따름입니다."

지금이야 백인이 우월한 문화를 가지고 자뻑하지만, 고대로 넘어가면 중국을 비롯한 동양권의 문화는 유럽에 비해 압도적이었다.

유럽이 여성에게 강제로 정조대를 차게 하고 있을 때, 중국은 화약을 만들고 있었고 고려는 여성의 상속권을 인정하는 제도를 운영했다.

"결국 가진 게 없는 놈들일수록 그런 성향이 강하지요."

"하하하, 부정할 수가 없네요."

빌 조던은 부정할 수가 없었다.

엔더슨은 진짜 능력이 안되는 검사니까.

기본적으로 검사장 보좌라는 것은 상당한 실력을 가진, 차기 검사장을 넘볼 수 있는 사람이어야 한다.

그런데 엔더슨은 단순히 현 검사장이 누나의 남편, 그러니까 매형이라는 이유로 그 자리를 꿰찬 사람이다.

어떻게 검사의 자격을 얻기는 했지만 경찰들도 그의 무능에 대해 불만을 가질 정도의 사람.

"자신에 대해 확신이 없는 사람, 그리고 자신이 없는 사람일수록 그런 다른 것에서 우월하고자 하는 감정을 가지게 됩니다."

문제는 그런 사람이 사회적 일원 중 권력자 계열에 들어갈 때 발생한다.

"근데 말이야, 검사면 상당히 성공한 사람 아니야?"

오광훈은 조용히 듣고 있다가 고개를 갸웃했다.

검사라는 직책은 전 세계 어디를 가도 성공한 사람의 반열에 들어간다.

그러니 노형진이 말하는 그 실패한 사람이라는 프레임은 이해가 가지 않았던 것이다.

"그건 상대적인 거지."

"상대적?"

"그래. 간단하게 생각해 봐. 호주와 아프리카 빈국 중에서 어느 쪽이 더 잘살아?"

"당연히 호주지."

"그러면 호주는 정상적으로 보면 인종차별 주의자가 없어야 하지. 빈국보다 잘사니까."

"음……."

"하지만 있잖아."

"여전히 이해가 안 가는데."

머리를 북북 긁는 오광훈.

노형진은 그런 그에게 더 간단하게 말했다.

"인간에게 세계란 자기가 사는 주변만을 말하는 거야. 전 세계라고 해서 하나 된 지구를 외치는 건 개소리라는 거지."

그런 인간은 거의 없다.

대부분의 사람들은 자신이 보고 듣고 느끼는 한계 내에서 세계를 정의한다.

그러니 미국 사람은 북한 사람을 이해하지 못하고 한국 사람은 일본 사람을 이해하지 못한다.

"즉, 그 기준도 주변이라는 거지."

직업이 자기보다 잘난 사람이 있으면 열등감을 느낀다. 그리고 그게 차별로 이어지는 경우가 많다.

차별이란 상대방에 대해 우월감을 가지기 위한 하나의 방법이다.

"아하! 무슨 소리인지 알겠습니다."

빌 조던은 고개를 끄덕거렸다.

"요 근래에 검찰 내부에서 유색인종들의 약진이 두드러지거든요."

공식적으로 호주에서 인종차별이 사라진 이상 실적이 있다면 승진을 시켜 줘야 한다.

그런데 요 근래 들어서 유색인종들이 무섭게 치고 올라오는 게 현재 호주의 상황이라고 한다.

아무래도 유색인종, 특히나 한국이나 중국계는 학구열이 상상을 초월하다 보니 시험 같은 부분에서 분명 기존 검사들보다 더 두각을 드러내는 것은 사실이었다.

"그런데 그들을 이길 자신은 없는 거지."

그래서 자기가 그들보다 우월한 걸 찾다 보니, 그게 바로 자신이 백인이라는 거다.

이것이 법이다

"쯧쯧, 인생 참."

오광훈은 혀를 끌끌 찼다.

"난 과거에도 최소한 나 병신인 건 알고 지냈다."

"그게 제일 힘든 거야. 나 병신이라고 인정하는 게 쉬운 줄 아냐? 미친놈이 나 미친놈이라고 하는 거 봤어?"

노형진은 그렇게 말하고는 빌 조던에게 시선을 돌렸다.

일단 희생자들이 다른 곳으로 끌려갔다지만 그들의 안전을 위해서는 가능하면 빨리 구해야 하기 때문이다.

"엔더슨을 조사하면 관련자들이 나오겠지만, 쉽지 않겠지요?"

"그럴 겁니다."

그가 돈을 받고 정보를 알려 준 것은 확실하다.

노형진이 기억을 읽었으니까.

하지만 그걸 입증하고 그걸 기준으로 추적하는 것은 절대 쉬운 일이 아니다.

"소환은 불가능할 테고."

소환을 하는 순간 그 정보는 울트라화이트로 가게 될 테고 노예로 잡혀 있던 사람들은 모조리 죽을 것이다.

"더군다나 그를 구속한다고 해도 방심할 수가 없는 게, 검찰 내부 배신자가 그만 있는 게 아닐 테니까요."

울트라화이트는 절대 일반 폭력 조직이 아니다.

극우 정당이라지만 자유호주당에 지원금을 준다는 것 자체가 그 세력이 알게 모르게 퍼져 있다는 걸 의미한다.

"더군다나 지금 사건에서 보다시피 그들이 가지고 있는 농장은 이곳만이 아닐 가능성이 높을 테고요."

양귀비 농장을 감추기 위해 거대한 천으로 덮어 뒀는데, 농장이 넓을수록 그게 더 힘들어진다.

더군다나 한 번 걸리면 그 타격이 엄청나게 크기 때문에 대부분의 마약 재배 업자들은 한곳에 모아서 만들지 않는다.

"그런 곳들이 다 노예로 운영된다고 하면……."

매년 많은 사람들이 호주에 오고 또 많은 사람들이 실종된다.

"호주는 잘사는 나라입니다. 그래서 그게 문제가 되지요."

호주에서 실종되면 호주 경찰이나 정부는 그를 단순히 불법체류자로 분류한다.

사실이니까.

호주는 인구가 땅에 비해 부족한 나라다. 하지만 환율은 세다.

그래서 불법체류로 돈을 벌려고 하면 적잖이 벌 수 있다.

"한국 같은 경우는 그나마 좀 덜하지만."

동남아나 아프리카같이 좀 가난한 곳에서 온 사람들은 분명 실종자의 대부분이 불법체류자들이다.

"그들에 대해 호주 정부에서 제대로 수사는 하지 않지요?"

"할 수가 없지요. 아시다시피 호주는 넓습니다."

워낙 흔하게 벌어지는 일이기 때문에 호주 경찰도 딱히 추적하지 않는다.

"한국 정부도 실종자를 찾기 위한 노력은 전혀 하지 않을 테고."

한국 대사관에 아무리 매달려 봐야 그놈들이 하는 건 파티를 하고 술 먹는 것뿐이니 기대도 못 한다.

"저희 상부에서도 이번 사건과 관련해서, 납치되어 노예 취급받는 외국인들이 오백 명 이상이라고 판단하고 있습니다."

빌 조던은 목소리를 낮춰 나지막하게 말했다.

비록 회의실에 자기들뿐이라고 하나 지금부터 벌어질 일은 심각한 문제가 되기 때문이다.

"경찰에서도 그들을 추적하기 위해 움직이기는 하지만 내부에 그들의 스파이가 있는 건 확실한 상황입니다. 그러니 대놓고 추적은 못 하고 있습니다. 그 와중에 엔더슨 검사에 대한 이야기는 기대 이상의 정보고요."

"그러면 현재 호주 경찰에는 그들에 대한 정보가 전혀 없단 말입니까?"

"그게 문제입니다. 저희는 그들이 일단의 인종차별 주의자들의 모임이라고 생각했지 이 정도라고는 생각하지 못했습니다."

아무리 호주에 인종차별 주의자가 많다고 해도 이건 상상을 초월한 일이다.

"그래서 경찰 내부에서도 누군가가 이들의 정보를 차단했다고 생각하고 있고요."

"엔더슨은 그러기에는 턱도 없지요?"

"턱도 없지요."

즉, 엔더슨 이상의 누군가가 연관되어 있을 가능성이 아주 높다는 거다.

사실 자신을 감추고 있는 인종차별 주의자들은 아주 많다.

당장 노형진이 엔더슨이 연결된 기억을 읽지 못했다면 검찰 내부에서도 그가 인종차별 주의자인 것을 몰랐을 것이다.

"그래서 경찰 내부에서도 대대적으로 움직이지 못하고 있습니다. 현실적으로 오백 명 정도의 인질이 잡혀 있는 상황인 거니까요."

"경찰이 대대적으로 움직이면 그들이 알 수밖에 없고?"

"네."

"이런."

노형진은 여기에 올 때만 해도 그들의 본거지만 찾으면 쉽게 피해자들을 구출하고 한국으로 돌아갈 수 있을 거라 생각했다.

하지만 그들의 세력은 노형진의 생각보다 크고 강했으며 또 널리 퍼져 있었다.

"그들을 구하려면 그들의 마약 농장을 동시에 습격해야 합니다."

문제는 그게 불가능에 가깝다는 거다.

일단 어디에 있는지도 모르기 때문이다.

부족한 인력은 어떻게 메꿀 수 있다지만, 한 곳이 털리면 다른 곳에서 뭔 짓을 할지 모르는 것이 현실이다.

　　"결론적으로 그 장소만 알면 된다는 거지요?"

　　"네."

　　"흠⋯⋯."

　　노형진은 턱을 문질렀다.

　　머릿속에서 대략적인 계획이 스치고 지나갔다.

　　"그러면 그 울트라화이트의 지도자는 누구입니까? 그는 알고 있지 않을까요?"

　　상식적으로 지도자의 명령도 없는데 이런 마약 농장을 만든다는 것은 말이 안 된다.

　　그리고 지도자라면 당연히 그 마약 농장의 위치를 알아야 한다.

　　"디나 헤겔입니다."

　　"디나 헤겔? 설마?"

　　"네, 여자입니다. 그런데 어디에 있는지는 몰라요."

　　생각지도 못한 말이었다.

　　일반적으로 이런 극단적 인종차별 주의자들의 리더는 남자인 경우가 많다. 그런데 여자라니.

　　"하긴, 못 할 것도 없지요."

　　브라질에서도 유명 갱단의 두목이 여자인 경우가 있었다.

　　갱단의 두목을 주먹질로 뽑는 게 아닌 이상에야 여자라고 해서 갱단의 두목이 되지 말라는 법은 없다.

"디나 헤겔은 수년째 저희들의 추적을 따돌리고 있습니다. 울트라화이트가 저지른 범죄가 한두 건이 아니니까요. 이 정도인 줄은 몰랐습니다만."

머리를 긁적거리는 빌 조던.

"혹시 그 디나 헤겔에 대한 자료도 주실 수 있나요?"

"수배 대상이니 드릴 수야 있지요."

은근한 눈빛으로 빌 조던은 노형진을 바라보았다.

그렇잖아도 누가 배신했는지 머리가 아픈 와중에 한 번에 엔더슨이라는 존재를 특정한 노형진이다. 그러니 자연스럽게 기대하게 될 수밖에 없었다.

"어쩌면 찾을 수 있을지도 모르겠네요."

노형진의 머릿속에서 수많은 변수들이 움직이기 시작했다.

⚖️

"디나 헤겔, 나이 43세. 시드니 출신으로 울트라화이트의 리더. 세 건의 살인 교사와 스물세 건의 폭행 교사 혐의로 추적 중."

사진 속의 여자는 건강해 보이는 갈색 머리 중년 여성이었다.

딱히 미인은 아니었지만 그녀의 눈에서는 상당한 살기가 흐르고 있었다.

딱 봐도 성격이 보통은 넘을 듯한 사람.

"아마 직접적 살인도 있을 거야."

"어떻게 알아?"

"범죄자 집단은 기본적으로 남성 우월적이야. 기업과 다르게 누가 유능한지의 문제가 아니야. 그들은 대부분 여자는 연약하다고 생각하지."

노형진은 서류를 넘기면서 침대에 누워 있는 오광훈을 바라보지도 않고 대답했다.

"그런데 디나 헤겔은 권력을 잡았어. 그건 단순히 폼만 잡는 게 아니라 실제로 살인까지 저지를 수 있을 정도의 적극성이 없으면 불가능해."

"그런데 왜 안 잡혀?"

"내부의 일이니까."

일반적으로 이런 조직에서 내부 항쟁은 기존 세력을 죽이는 걸로 끝난다.

"그 말은 내부인이 죽으면 그냥 덮는다는 거지. 아마 이 세 건의 살인 교사와 스물세 건의 폭행 교사는 전부 그녀가 외부인에게 저지른 범죄일걸. 외부인들은 그걸 신고할 테니까."

"와, 무서운 여자네."

"그러니까."

디나 헤겔은 이미 두 건의 폭행으로 감옥에 갔다 온 여자다.

그런 여자이니 쉽게 권력을 잡을 수 있었을 것이다.

"흠…… 여자라……."

"왜? 뭐 생각나는 게 있어?"

사실 노형진이라고 해서 모든 걸 다 아는 건 아니다.

그래서 가끔은 막힐 때가 있다.

지금처럼.

"잠깐만 줘 봐."

침대에 누워서 뒹굴던 오광훈은 갑자기 벌떡 일어나서 노형진에게 다가왔다.

그리고 서류를 들어서 읽기 시작했다.

정확하게는 읽으려고 했다.

"아, 영어네."

"당연히 영어지. 프랑스어일 줄 알았냐?"

"번역해 줘."

"차라리 찾는 걸 말해. 그게 더 빠르겠다."

"그게 나을지도?"

오광훈은 턱 하니 맞은편 의자에 앉아서 입을 열었다.

그리고 그건 노형진은 생각지도 못한 스타일의 추적 방법이었다.

"아마도 그 여자, 콜걸로 시작했을 거야."

"콜걸?"

"그래. 네가 말한 대로 여자는 폭력 집단에 쉽게 못 들어가거든. 뭐, 자기들끼리 흑장미파니 면도날파니 만들어서 깝

치는 애들도 있기는 한데, 알지? 그 애들 진짜 조폭이랑 만나서 싸우면 그냥 나가리야. 차라리 나가리면 다행이지."

여자 조폭이 없는 이유는, 진짜 남자 조폭들과 싸워서 지면 단순히 어디 한 군데 부러지는 걸로 끝나지 않기 때문이다.

당장 힘에서도 못 이기는데 그 뒤에 벌어질 일까지 생각하면 어지간한 여자들은 싸울 엄두도 못 낸다.

"그래서 폭력 조직에 들어오는 여자들은 크게 두 종류야. 첫 번째는 보스의 여자, 두 번째는 업소녀."

"아, 하긴 그러네."

브라질의 그 유명 여자 보스도 처음부터 바닥에서 시작한 건 아니었다.

그 전 보스의 여자로, 보스가 잡혀 들어가자 조직을 물려받은 것이지.

"그런데 이 여자, 못생겼잖아. 시중에 돌아보니까 예쁜 여자도 많던데. 그러고 보니 여기 호주에는 어디 좋은 업소가……."

"장난하지 말고. 너 자연이한테 이른다."

"아니, 여기서 자연이가 왜 나와?"

"너의 아랫도리에 조국의 명예가 달렸다."

"아, 쫌! 내 건 그냥 내 것으로 남겨라. 왜 내 것에 조국의 명예까지 걸어?"

오광훈은 툴툴거렸고 노형진은 그가 툴툴거리는 사이에 그녀의 기록을 읽기 시작했다.

그리고 얼마 지나지 않아서 실제로 그녀가 콜걸로 일했다는 기록을 찾을 수 있었다.

호주에서 성매매는 불법이고, 오래된 기록이기는 하지만 디나 헤겔은 20대 시절 성매매로 처벌받았던 기록이 분명 존재했다.

"그리고 디나? 하여간 그 여자가 폭력으로 실형 받은 시기가 언제야?"

"음…… 20년 전쯤."

"그러면 그때 그 여자가 콜걸이었다는 거지."

"그래서?"

"그러면 피해자는 포주야."

"어? 아니, 왜?"

"당연한 거 아니야? 아니, 변호사들은 잘 모르겠구나. 시스템이 그래."

콜걸로 일하면서 손님을 때리게 되는 경우는 별로 없다.

일단 보안상의 문제가 생기면 경찰에 기대기보다는 조직에서 처리하기 때문이다.

대부분의 경우 여자가 힘이 약하기 때문에 맞았다고 신고하는 경우가 더 많을 수밖에 없다.

"설사 때렸다고 해도, 보통은 남자가 진상인 경우가 많지. 그러면 경찰이 아니라 우리가 출동하지. 그건 전 세계 불변이야."

신고하더라도 일단 손님을 쥐어 패 놔야 나중에 똑같은 짓을 하지 않기 때문에 폭력 조직이 나서는 것이 보통이다.

"그런데 여자가 때렸다고 했다는 건, 반대로 말하면 조직에서도 그녀에 대한 보호를 거절했다는 의미거든."

"여자가 손님을 때릴 수는 없는 거야? 아니, 여자들이라고 해서 다 맞고 사는 건 아니잖아?"

"그건 그렇지."

오광훈은 고개를 끄덕거렸다.

확실히 모든 여자들이 다 맞고 사는 건 아니고, 때리는 여자들도 생각보다 많다.

언론에서 이야기하지 않고 있을 뿐 맞는 아내 못지않게 맞는 남편도 많은 것이 현실이다.

"그러니까 내 말이 그거야. 그 여자가 때릴 수는 있어. 하지만 피해자가 그걸 신고하려고 하면 우리가 가서 으름장을 놓는다는 거지. 여자가 감옥에 가서 일 못 하면 그 손실은 누가 볼 것 같아?"

"아아…… 이해했어."

그건 보호의 문제가 아니라 돈의 문제다.

한국처럼 처벌이 약한 것도 아니고 폭력이라고 하면 처벌이 강해질 텐데, 그럼 그 기간 동안 여자가 벌어들이는 돈이 없어진다.

어딜 가나 성매매로 버는 돈은 적지 않고, 폭력 조직이 그걸 포기할 이유는 없다.

"반대로 말하면 조직에서 그녀를 보호해 주지 않았다는 거지."

"오케이, 거기까지는 이해했어. 하지만 그 당시 사건을 지금 꺼낸다고 해도 바뀌는 건 없잖아?"

그랬으니까 호주 경찰도 딱히 확인하지 않았을 것이다.

"그래, 그렇겠지. 하지만 그 두 번째 폭행 이후를 봐야지."

"두 번째 폭행?"

"그래, 감옥에서 나온 후에 그 조직에서 그 여자를 다시 받아 줬겠어?"

"흠……."

노형진은 턱을 문지르며 곰곰이 생각에 잠겼다.

생각해 보니 확실히 그랬다.

오광훈의 말대로라면 아마도 그 여자가 처음 때린 것은 포주였을 것이다. 그리고 조직에서는 그녀를 버렸을 테고.

"그러면 답이 나오지. 첫 번째는 방출이라면, 두 번째 폭행이 변곡점이지. 내 경험상 사람을 패는 놈들은 절대 멈추지 않아."

술에 취해서 패든 아니면 수틀리면 주먹부터 나가든, 사람을 패는 사람들은 계속 사람을 팬다.

일종의 분노 조절 장애랄까?

"그런데 문제는 두 번째부터지. 두 번째 걸리고 갑자기 그녀의 폭행 사건이 완전히 사라졌어. 아예 처벌받은 기록 자체가 없지."

오광훈은 그렇게 말하면서 미소 지었다.

"그녀가 착해져서 안 때리는 것은 아닐 거 아니야. 그렇지?"

노형진의 눈이 커졌다.

오광훈의 말이 이해가 갔기 때문이다.

"그사이에 누군가 대리인을 구했다?"

"그래. 아까 말했지, 보통 여자는 조직을 물려받는다고? 그러면 그사이에 조직을 물려받았거나 다른 조직에 들어갔거나, 어쩌면 조직을 만들었다는 걸 의미하지."

"다른 조직이라……."

노형진은 턱을 문질렀다.

그녀가 조직을 물려받았을 가능성은 낮다.

콜걸로 일했지만 그녀가 아주 예쁜 여자는 아니니까.

사실 얼굴만 보면 상당히 사나운 타입이다.

"그러니까 이 시기에 포섭했다 이건가?"

"내 생각은 그래. 그렇게 함으로써 자기 세력을 구축한 거지."

"흠……."

확실히 그때쯤이면 호주에서 많은 이민자들을 받아들일 시기다.

원래 호주는 이민을 적극적으로 받아들이는 나라였다. 땅은 워낙 넓은데 인구가 워낙 적기 때문이다.

지금이야 인구가 충분해지고 나라가 안정을 찾아 가면서

전보다 이민자가 많이 줄었지만.

"그때만 해도 진짜 이민을 열심히 받았지."

그리고 아마도 그때는 백인 노동자들의 분노가 하늘을 찌를 시기였을 것이다.

"새로 들어온 사람들은 어떻게 해서든 자리를 잡으려고 했을 테니까."

기업, 아니 자본주의는 단순하다.

일자리가 넘치면 임금이 비싸지고, 사람이 넘치면 임금이 싸진다.

당장 한국에서 인건비 상승을 막기 위해 정치인이 조선족을 무제한으로 받아들이자고 주장하는 이유도 그거다.

그래야 사람이 많아지고 인건비를 적게 줄 수 있으니까.

"그때쯤 해서 세력을 쌓아 올리기 시작했을 거야."

"하지만 그렇다고 해서 사람들이 여자인 디나 헤겔 아래로 들어갈까?"

그녀가 나름 머리가 좋다지만 폭력 조직의 가장 핵심은 힘과 카리스마다.

물론 시대가 바뀐 만큼 주먹질로 보스를 정하는 시대는 아니다. 하지만 일단 대부분의 범죄자들은 여자를 자기 아래로 놓는 성향이 강하다.

"그래서 그러는데, 여자들을 이용한 거 아닐까?"

"여자들? 무슨 여자들?"

"뭐, 호주에서 살아 보지 않아서 잘 모르겠지만 말이지, 여자가 그쪽으로 떨어질 정도면 상당히 막장이거든. 그들을 자극하면 자기들이 뭉쳐서 세력을 만들 수도 있지 않을까?"

"그럴 리가. 한국에는 그런 조직이 없……지만……."

노형진은 부정하려다가 말을 멈췄다.

생각해 보니 그게 불가능한 건 아니다.

일단 기질이 다르다.

한국인 여자들이 남자들보다 공격적이지는 않다. 그리고 화류계에서는 그 아래에서 보호받는 성향이 분명 존재한다.

"하지만 호주는 아니지."

호주의, 아니 백인 계통의 여자들은 분명 그런 기질이 덜하다.

남자가 할 수 있다면 여자도 할 수 있다는 것이 그들의 주장이다.

"거기에다 시대가 바뀌었잖아."

어차피 주먹질로 싸울 게 아니라면 사실 여자가 더 유리하다.

알게 모르게 여자들에게 방심하는 것이 남자니까.

"그런 여자들을 포섭했다고 생각해?"

"실제로 한국에서 그런 일이 있었지. 물론 끝은 안 좋았지만."

"그런 일이 있었다고?"

"그래."

화류계에서 조폭들이 가지고 가는 돈은 절대 적지 않다.

소위 말하는 보호비라고 해서 강제로 뜯어낸다.

물론 자기 돈을 투자해서 하는 거라면 모르지만, 그렇지 않은 경우가 상당히 많다.

"화류계에는 박스라는 단어가 있거든."

쉽게 말해서 몇몇 사람들이 한꺼번에 모여서 움직이는 걸 박스라고 한다.

실장이라는 사람 아래에 뭉쳐서 이 술집 저 술집, 단체로 움직이는 것이다.

"보통 실장은 남자가 하지만 은퇴한 여자가 하기도 하거든."

"그런데?"

"그런데 그렇게 은퇴한 여자가 자기 아래 박스랑 자립을 하려고 한 적이 있었어."

생각보다 화류계 여자들이 버는 돈은 많고 그들을 보호하는 폭력 조직이 뜯어 가는 돈도 많다.

그래서 그녀는 그들을 배제하고 자기 가게를 가지려고 했다.

"그런데 그 지역 폭력 조직이 가게를 박살 내 놨지."

"흠……."

노형진은 턱을 문질렀다. 그런 이야기는 들어 본 적이 없으니까.

"경찰이 그냥 뒀어?"

"강남에서 경찰 3년 했는데 아파트 못 사면 병신이다, 몰라?"

경찰은 그런 사건을 그냥 증거 불충분으로 넘기면 그만이었다.

그들에게 중요한 건 돈이지 국민의 안전이 아니었다.

"하물며 한국에서도 그런 분위기가 있는데 여기에는 없겠어?"

노형진은 미간을 찡그렸다.

여자로 이루어진 폭력 조직, 그건 생각해 보지 못한 게 사실이니까.

"그런 조직이 있는지 좀 알아봐야겠는데?"

어쩌면 해결책이 보일지도 몰랐다.

⚖️

"여성으로 만들어진 폭력 조직요? 한 15~20년 전에 만들어진?"

"네."

"그런 조직이라면 하나 있기는 하지요. 폭력 조직이라고 하기는 애매하기는 하지만."

"있어요?"

"네. 화이트캣이라고……."

하얀 고양이.

그런데 그 이름에서 왠지 인종차별적 느낌이 드는 것은 우연일까?

"화이트캣이라는 여성 단체가 그때 생겼습니다. 뭐 정확하게는 여성 단체라기보다는 포주 업소지만요."

오광훈의 예상이 정확하게 맞아떨어졌다.

그리고 노형진의 얼굴은 더더욱 어두워졌다.

"그러면 그 화이트캣의 리더는요?"

"아직 모릅니다. 애초에 딱히 사건을 일으킨 게 아닌지라
리더까지 추적할 일이 없어서요."

물론 성매매가 불법이기는 하지만 아예 없앨 수도 없는 것
이 현실이다.

현실적으로 화이트캣을 없앤다고 해도 그 자리는 다른 곳
이 차지할 뿐이다.

"왜 그러십니까?"

"그 화이트캣이 디나 헤겔의 다른 조직이라는 의견이 있습
니다."

"다른 조직요?"

"네."

노형진은 차분하게 빌 조던에게 설명해 줬다.

"과거부터 미인계는 가장 고전적인 방법이지요."

화이트캣이라는 조직이 콜걸을 수급해 준다는 것은, 반대로
말하면 많은 남성들의 비밀을 가지게 된다는 것을 의미한다.

단순한 길거리 여성이 아니라 따로 보내 주는 여성을 받을
정도라면 높은 자리에 있는 사람일 수밖에 없으니 그들과 선
이 닿는 것이 그런 업체에는 그다지 어려운 일도 아니다.

"실제로 수많은 콜걸 업체들이 잡히지 않는 이유 중 하나가 바로 그런 자들의 비호 때문입니다."

상식적으로 콜걸은 이쪽에서 전화해서 부르면 끝이기 때문에 그들을 체포하는 것은 절대 어려운 일이 아니다.

그럼에도 불구하고 이런 콜걸 업체에 대한 조사는 경찰들이 가장 곤혹스러워하는 일이다. 누구 하나 잡는 순간 외부에서 압력이 들어오기 때문이다.

"울트라화이트가 정치권에 선이 많이 닿아 있다고 했지요?"

"네, 그들이 정치권에서 힘을 많이 쓰는……."

말을 하던 빌 조던의 머릿속에 한 가지 가능성이 그려졌다.

사실상 울트라화이트와 화이트캣이 같은 몸체이고 화이트캣을 통해 그들이 하나로 연결된다면?

"사실 그런 경우는 많지요. 어떤 조직이든 양성화로 전면에 나서는 부분이 있고 뒤에서 활동하는 조직이 있기 마련입니다."

다만 어느 쪽이 더 크냐에 따라 그 조직이 합법적 조직인지 불법적 조직인지 정해질 뿐이다.

하물며 새론과 대룡에도 뒤에서 조용히 일을 처리하는 조직이 있다.

그런 조직 없이 모든 걸 합법적으로 처리하는 것은 현대사회에서 절대적으로 불가능하다.

"아마 내 생각에는 화이트캣이 먼저 생겼을 거야. 여자들이 먼저 권력을 잡고, 거기에 인종차별과 반이민 주의를 가진 남자들을 포섭했겠지."

오광훈의 지적은 날카로웠다.

비록 법이나 국제 정세를 배운 것은 아니지만 지금까지 살아온 삶이 그에게 통찰력을 주고 있었다.

"아마도 그럴 거야. 기본적으로 반이민 정서와 인종차별에 여성도 분명 포함되거든."

인간은 수천 년을 비문명 상태로 살았다.

다른 부족이 쳐들어와서 공격하는 경우, 대부분의 목적은 식량과 여자였다.

그 당시에는 영토라는 개념이 그다지 없었으니까.

"실제로 남자가 외국인에게 죽는 것에 대해서는 그다지 신경 쓰지 않지요. 하지만 여성이 외국인 범죄의 희생양이 되면 좀 극단적으로 반응하는 경향이 있습니다. 그뿐만이 아니지요."

남자가 외국인 여성과 결혼하는 것에 대해서는 일반적으로 크게 반응하지 않는다.

하지만 여성이 외국인 남성과 결혼하는 경우 그걸 상당히 꺼리거나 모욕하는 경우가 많다.

"한국에 이런 말이 있습니다. 세상을 지배하는 건 남자이지만 남자를 지배하는 건 여자다."

디나 헤겔이 여자들을 이용해서 극단론자들과 인종차별

주의자들을 모으고 뭉치게 해서 세력을 만들었다면 그들의
패턴이 확실하게 드러난다.

"성매매 단체와 폭력 조직이라……."

빌 조던은 심각한 얼굴이 되었다.

그런 조합은 생각도 해 본 적이 없으니까.

"하지만 가능은 하지요. 그리고 그렇게 하면 자신의 입맛
에 맞는 정치인을 고르기도 쉬워집니다."

성매매를 하는 정치인들.

그들은 아무래도 그런 직업여성들 앞에서는 자신의 본성
을 드러내는 편이다.

애초에 성매매라는 걸 하는 순간 그들의 가면을 집어던지
는 셈이니까.

"그럴 수도 있겠군요. 그런데 이 모든 걸 단순히 추론으로
만 알아내신 겁니까?"

말은 그럴듯하지만 증거는 없느냐는 소리다.

노형진 역시 무슨 뜻인지 알기에 뭔가를 꺼내 들었다.

"디나 헤겔과 싸운 사람은 두 명입니다. 한 명은 그녀에게
맞았던 포주이고 나머지 한 명은 그녀가 콜걸이던 당시의 조
직 보스입니다. 그리고 그 두 명은 모두 실종 상태이고요."

아마도 보복 차원에서 청소되었을 가능성이 크다는 것은
의문의 여지도 없을 것이다.

"그렇다고 해서 그들이 한 몸이라고 보기에는 무리 아닌가요?"

물론 양쪽 다 그럴듯하기는 하다.

하지만 디나 헤겔이 같이 키웠다고 보기에는, 그 둘의 반경이 지나치게 겹치지 않는다.

"저도 그렇게 생각했습니다만……."

노형진은 오광훈을 바라보았다.

사실 현실적으로 단순히 이 정도 정보만으로 그들이 모두 디나 헤겔의 휘하라고 보기에는 확실히 정보가 부족하다.

아니, 이것만 가지고 그렇게 생각하는 건 억측이다.

그래서 노형진도 그렇게 생각했었다.

"그런데 말입니다, 제가 재미있는 걸 알아냈습니다."

"재미있는 거라고 하시면?"

"실종자들의 핸드폰 통화 내역을 확인하다가 몇몇에게 공통되는 하나의 번호를 찾아냈지요."

"설마?"

"네, 화이트캣입니다."

몇몇 실종자들의 통화 목록에 공통적으로 있는 것은 다름 아닌 콜걸을 불러 주는 전화번호였다.

"사실 그게 우연일 수는 없지요."

낯선 외국에 가면 사람은 좀 개방적으로 변하는 부분도 있다. 실제로 외국에서 벌어진 일을 한국에서 알 수 있는 방법은 없기 때문이다.

그래서 많은 나라에서 매춘 관광이라는 걸 하기도 한다.

한때 일본은 한국으로 매춘 관광을 왔고 한국은 동남아로 매춘 관광을 갔다. 그건 부정할 수 없는 현실이다.

"그래서 혹시나 하고 그들의 통화 기록을 확인했더니 같은 번호로 전화한 이력이 있더군요. 그리고 그 기록을 보면 그들은 서로를 전혀 모릅니다."

즉, 그들이 전혀 다른 시기에 전혀 다른 방식으로 화이트 캣과 접촉했다는 것이다.

"사실 우리가 고민한 부분이 그거였습니다. 어떻게 그들이 실종되었는가?"

사람이 갑자기 납치가 되었다면 어떤 식으로든 기록이 남아야 한다.

가령 그가 근무하던 회사에서 신고하든가 하는 식으로 말이다.

그런데 그런 기록이 없다.

"그래서 실종자들에게 방향을 맞춰 봤지요."

그랬더니 대부분의 사람들이 모두 그만두고 다른 곳으로 이사한다고 나갔다는 기록이 있었다.

특히나 대부분은 살고 있던 방도 빼서 나갔다.

"그러니 기존 시스템에서 벗어날 수밖에 없지요."

"……!"

빌 조던은 강하게 느낌이 왔다.

"미끼!"

"그렇습니다. 미끼가 필요하지요."

안전 구역에서 벗어나게 하기 위해, 경찰과 호주 정부의 감시에서 벗어나기 위해서는 미끼가 필요하다.

더군다나 방까지 빼 가면서 옮기게 하려면 더더욱 말이다.

"방이 빠진다고 해서 그걸 이상하게 생각하는 사람은 없으니까요."

현실적으로 그런 방 주인들에게 그들은 그저 스쳐 지나가는 뜨내기다. 지속적으로 연을 이을 이유가 없다.

그건 당연히 그들이 일하던 직장도 마찬가지다.

그들은 그저 싼 가격에 일을 시킬 뿐이니까.

"만일 말입니다, 여자가 마음에 든다고 하며 같이 살자고 하면 어떤 남자가 거절할까요?"

"그렇군요. 그걸 거절할 남자는 없지요."

더군다나 결혼을 전제로 하는 것도 아니고 그냥 하룻밤의 관계를 목적으로 하는 거라면, 젊은 남자들은 더더욱 거기에 끌려들어 갈 수밖에 없다.

"어차피 그들은 한국으로 돌아갈 테고, 여기에서 있었던 일은 모두 사라집니다."

여자들과 함께 살면 방세를 아낄 수 있을 뿐만 아니라 성욕도 해결할 수 있다.

"어쩌면 생활비를 주겠다고 했을지도 모르지요."

그러면 진짜 즐기면서 살다가 한국으로 돌아갈 수 있다.

"멍청하긴! 그 부분을 생각을 못 했군요. 어떻게 납치를 했는지에 대해서는 생각도 못 했어요."

"그러면 답이 나오지요."

자신을 부른 고객이 유색인종인 경우, 여자는 마음에 든다고 적극적으로 접근한다. 그리고 같이 살자고 꼬신다.

남자가 속아서 짐을 싸서 나오면 그를 울트라화이트가 납치한다.

"그런 식이면 절대 기존 사법 시스템에 잡히지 않습니다."

자발적으로 그만두고 나간 거니까.

호주 정부 입장에서는 그저 불법체류자가 될 뿐이다.

"그리고 자국의 가족이 신고한다고 해도, 아예 시스템에서 사라졌으니 추적할 방법도 없지요."

그때쯤 되면 최소 몇 달은 지났을 테고 관련 증거도 대부분 사라졌을 것이다.

"그러니 우리가 그들을 잡기 위해서는 울트라화이트가 아니라 화이트캣을 추적해야 합니다."

그들이 잡아갔으니 지금 어디에 있는지도 알 것이다.

"하지만 그들을 잡아들인다고 해도 순순히 인정할 리 없지 않습니까?"

"우리가 흔들 건 그들이 아닙니다."

"그러면요?"

"우리가 잡을 건 엔더슨 검사입니다."

노형진은 눈을 반달 형태로 만들었다.

"아까 말했지요, 놈들은 아마도 성매매 대상을 만나서 포섭할 거라고?"

"아하하……."

빌 조던은 헛웃음을 지을 수밖에 없었다.

⚖️

"그래서 엔더슨 검사, 더 이야기할까요?"

노형진은 웃고 있었다.

하지만 엔더슨의 눈은 격하게 떨리고 있었다.

"아니면 매형에게 사실을 이야기할까요?"

"그, 그건……!"

"물론 성매매 정도야 덮을 수 있겠지요. 하지만 인신매매와 마약 거래도 매형이 덮어 줄 수 있을 거라 생각하십니까?"

노형진의 말에 와들와들 떨어 대는 엔더슨.

'이건 의외이기는 했지만.'

사실 노형진이 그를 흔들 계획이기는 했다.

하지만 그의 매형, 그러니까 검사장이 유색인종이리라고는 생각도 못 했다.

정확하게는 일본계 호주인이었다.

'어쩐지 이상하다 싶었지.'

일반적으로 유럽 쪽에서는 업무에 있어서 가족을 배제하는 편이다. 혹시나 구설수가 생길 가능성이 있기 때문이다.

그런데 이자의 매형은 굳이 그를 썼다. 왜 그랬나 했더니…….

'아무래도 동양 쪽이 가족이라는 부분에 약하지.'

그리고 그게 이제는 독이 되어서 돌아왔다.

그의 매형은 얼굴이 완전히 굳었고 누나는 벌써 기절해서 실려 갔다.

"너…… 너 이 새끼!"

"아니에요! 매형! 아니에요!"

"이미 증인이 있습니다. 제가 통화 내역과 통화 기록을 어디서 얻었을까요? 당신이 한 성매매와 그들의 관계를 어떻게 알았을까요?"

노형진이 뻥카를 섞어서 물어보기 시작하자 그는 사정없이 흔들렸다.

만일 그가 유능한 검사였다면 이렇게까지 흔들리지는 않았을지도 모른다. 하지만 빌의 말대로 그는 그다지 유능한 검사는 아니었다.

더군다나 매형과 누나 앞에서 까발려지는 자신의 범죄 기록에 한순간 멘탈이 나가 버린 것이 문제였다.

"아니에요! 매형! 아니에요!"

"그래요? 저희가 녹음한 걸 제대로 언론에 틀어 드릴까요? 아마 그러면 누님의 가족들은 완전히 박살이 날 텐데요?"

아무리 법적으로 연좌죄를 인정하지 않는다고 해도, 이 정도 사고를 친 검사의 가족이라는 것만으로도 그들의 커리어는 끝장난다.

도리어 그가 보좌관이기 때문에 하나에서 열까지 모조리 털릴 게 뻔하다.

"매형, 저는 억울해요! 매형!"

"칙쇼!"

매형은 일본어로 욕을 내뱉으며 바깥으로 나가 버렸다.

성매매 정도야 어떻게 덮을 수 있다지만 이건 덮을 수 있는 게 아니었다.

"아아……."

엔더슨은 정신이 나가서 그 뒷모습만 물끄러미 바라보았다.

그걸 보고 노형진은 혀를 끌끌 찼다.

'웃기는군.'

자신이 백인이라고, 그래서 유색인종보다 우월하다고 생각하던 그가 정작 문제가 생기자 매달리는 사람이 다름 아닌 그의 동양인 매형이라니.

"그래서 어떻게 할 겁니까? 사실대로 말하겠습니까, 아니면 이대로 터트릴까요?"

"그, 그건……."

"납치와 인신매매 그리고 대량 학살의 종범. 영원히 바깥으로 나오지 못할 건 아시지요? 애초에 사형이나 면할 수 있을까요?"

빌 조던은 그를 보면서 씩 웃으며 말했다.

"뭐, 자세한 건 가서 듣지요."

"……!"

노형진과 빌 조던이 이렇게 밀어붙이는 데에는 이유가 있었다.

그는 체포 영장이 나온 것도 아니고 그렇다고 혐의가 확인된 것도 아니다.

애초에 영장을 청구하는 순간 그들이 알아채고 움직일 게 뻔하기 때문에 할 수도 없다.

'그리고 어딜 가나 자수하면 감경을 해 주지.'

그의 범죄는 현재로써는 사형을 피하기 힘든 수준이다.

하지만 그가 자수를 하면, 운이 좋으면 30년 정도에서 풀려날 수도 있다.

그러니 그에게 기회를 주는 척하면서 몰아붙이는 거다.

그래야 기습을 할 수 있으니까.

"별로 말할 생각이 없는 모양이군요."

어깨를 으쓱하는 오광훈.

그러자 빌 조던이 엔더슨의 뒤로 가서 수갑을 채우려고 했다.

그 순간 엔더슨의 말문이 터졌다.

"자, 잠깐! 내가 몰랐어! 인신매매는 몰랐다고!"

"아니, 이미 증언이 다 확보되었다니까요. 쓸데없는 저항은 하지 마시지요."

"진짜야⋯⋯."

물론 거짓말이다. 그는 알고 있었다.

"그걸 저희가 어떻게 믿지요?"

"뭐든 다 말할게! 뭐든 다 말할 테니까⋯⋯!"

"그래요? 그러면 화이트캣의 주인이 누구인지도 말해 줄 수 있습니까?"

움찔하는 엔더슨.

노형진은 빌 조던에게 눈짓을 했다. 그러자 '까드득' 소리와 함께 수갑이 엔더슨의 팔을 조여들었다.

"저희가 설마 몰라서 묻는다고 생각하십니까? 이미 압니다. 다만 기회를 드리려고 한 것뿐인데, 역시나 이렇게 되는군요."

"그건 아니야⋯⋯."

"아니긴 뭐가 아닙니까? 디나 헤겔이 보스인 걸 저희가 모를 것 같습니까?"

노형진은 이미 엔더슨의 반응에서 그가 화이트캣의 보스에 대해 안다는 걸 눈치챘다.

그래서 다른 방식으로 떡밥을 던졌다.

그리고 엔더슨은 아예 바늘째 통째로 그걸 꿀꺽 삼켰다.

그 말이 나오기 무섭게 고개를 푹 숙인 것이다.

"어떻게⋯⋯."

'빙고.'

노형진은 웃었고, 뒤에 있던 빌 조던은 쓴웃음을 지었다.

자신들이 수년간 모르던 걸 단 며칠 만에 노형진이 알아낸 셈이니까.

"이미 관련 사건들은 다 알고 있습니다. 디나 헤겔이 여자들을 이용해서 피해자들을 끌어내고, 울트라화이트가 그들을 납치해서 노예로 써먹고, 그렇게 만든 아편으로 호주를 꽉 잡고 있고. 더 말할까요?"

"크윽……."

"설마 자유호주당이 당신을 도와줄 거라 생각하는 건 아니지요? 일이 이쯤 되면 자유호주당이 아니라 호주 총리가 나서도 무마 못한다는 거 모릅니까?"

엔더슨은 고개를 푹 숙였다.

여기서 입을 다물면 그에게 남은 건 운 나쁘면 사형, 운 좋아도 종신형.

그런데 여기서 나불거리면 디나 헤겔에게 죽을지도 모른다.

"공식적으로."

노형진은 그런 그에게 비수를 꽂았다.

"우리는 당신을 우리 제보자로 공개할 겁니다."

"뭐라고!"

"어차피 당신이 무슨 생각을 할지는 뻔하지요. 오랜 수감 생활이냐 아니면 그들에게 죽느냐를 놓고 고민하겠지요. 저희가 골라 드리겠습니다. 당신이 제보자라고 발표할 겁니다. 어때요, 깔끔하지요?"

엔더슨의 얼굴이 사색이 되었다.

제보자가 되면 아무리 감옥에 있다고 해도 그는 살아남을 수 없다.

그 안에 울트라화이트의 멤버들이 얼마나 많은가?

더군다나 엔더슨은 검사다. 그 사실만 알아도 범죄자들이 그를 멀쩡하게 둘 리 없다.

"좋게 생각하십시오. 죽기 전에 새로운 자신에 대해 눈뜰지도 모르지 않습니까?"

노형진은 낄낄거렸지만 엔더슨은 마음이 다급했다.

"아, 아니야! 아니야! 그 조직을 이끄는 게 디나 헤겔인 건 맞아!"

결국 술술 불기 시작하는 엔더슨.

그는 겁이 많고 이득에 밝았다.

그러니 자신이 선택할 수 있는 카드가 하나뿐인데 새삼 고민하는 사람은 아니었다.

"그래서 디나 헤겔은 어디에 있습니까?"

"그건……."

"모른다고 하면 기꺼이 신상 공개하겠습니다. 밤에 조심하셔야 할 겁니다."

엔더슨이 목소리를 높였다.

"멜버른! 멜버른에 있어!"

"멜버른요?"

"거기서 모든 사람들을 통제하고 있어! 그녀는 절대 위험한 행동은 하지 않아!"

다급하게 매달리는 엔더슨.

그래도 감옥에서 나름 멀쩡하게 살고 싶었던 모양이다.

"멜버른이란 말이지요?"

"그래, 그곳에서 자기 휘하의 여자의 이름으로 집을 하나 구해서 살고 있어."

"어쩐지."

다른 사람의 이름으로 집을 구하고 다른 사람의 이름으로 활동한다면 그녀를 잡는 건 불가능할 테니까.

"멜버른이라……."

빌 조던은 신음을 냈다.

직접 잡으러 가기에는 그곳은 너무 멀고 관할도 아니다.

그곳에 파견되기 위해 출장을 신청하는 순간 그들이 알고 움직일 가능성이 높다.

"그렇단 말이지요."

노형진은 고개를 끄덕거렸다.

멜버른이라면 충분히 숨을 만한 도시다.

"그러면 농장에 대해서는요?"

"농장에 대해서는 나도 몰라! 그걸 관리하는 건 디나 헤겔이라고! 다만 난 영장이나 조사 사항이 나오면 그걸 알려 주는 역할을 할 뿐이야!"

"그렇군요."

노형진은 고개를 끄덕거렸다. 그 정도면 충분하다.

"그래서 그 여자가 쓰는 가명이 뭡니까?"

'의학 기술에 영광이 있으라인가.'

노형진은 눈앞에 있는 디나 헤겔, 아니 사라 브라운을 보고 혀를 내둘렀다.

'이 정도로 고쳤으니 당연히 모르지.'

저번에 받은 사진 속의 여자는 40대 중반의, 그다지 예쁘지 않은 중년 여인이었다.

하지만 눈앞에 있는 이 여자는 30대 후반의 상당한 미모를 가진 전문 CEO다.

그것도 호주에서 알아주는 모델 에이전시의 대표다.

당장 사무실에는 수많은 모델들의 사진이 붙어 있었고, 홀에는 모델이 되기 위해 찾아온 사람들이 가득했다.

"미스터 노라고 했나요? 의외군요. 지금까지 마이스터는 이쪽에 관심이 별로 없었던 걸로 아는데요."

사라 브라운이라고 자신을 소개한 디나 헤겔은 신기하다는 듯 말했다.

"진짜로 마이스터에서 저희 모델 에이전시에 관심을 가지고 있나요?"

"아주 많이요. 제로란은 호주에서 인정받는 모델 에이전시 아닙니까?"

"그거야 그렇지요. 하지만 마이스터는 이쪽에 그다지 관심을 갖지 않았던 걸로 알고 있습니다만. 더군다나 미스터 노는 아시아 쪽 대리인이 아닙니까? 호주 쪽은 다른 대리인이 있는 걸로 알고 있는데요."

노형진은 속으로 실소했다.

'역시 만만찮네.'

일단 그가 왔다는 것만으로도 대부분의 기업은 넙죽 수그리고 투자받기를 원한다.

그런데 디나 헤겔은 이미 모든 걸 알고 있었다.

즉, 켕기는 게 많으니 상당히 조심한다는 거다.

'물론 내가 그걸 예상 못 한 건 아니지.'

노형진은 갑자기 헛기침을 하기 시작했다.

"어흠흠."

"뭐가 불편하신가요?"

"아…… 그게, 다른 사람들을 좀 물려 주시겠습니까?"

"다른 사람? 여기에는 저밖에 없는데요."

"하지만 녹음기는 있을 것 같은데요?"

노형진이 살짝 경계하는 눈빛으로 말하자 그녀는 잠깐 눈을 빛내더니 슬쩍 몸을 숙였다.

그리고 다시 몸을 일으켰다.

"녹음기를 껐어요. 어떻게 아신 거지요?"

"그냥, 직감입니다. 변호사니까요."

물론 직감은 아니다.

그녀가 말하는 와중에도 힐끔힐끔 한쪽을 곁눈질하는 걸 보았기에 그쪽에 녹음기가 있다는 걸 알아챘을 뿐이다.

"그래서 할 말이 뭐지요?"

"공식적으로 저는 마이스터의 대변인이지만 동시에 미다스의 대변인이기도 하지요."

"그건 알고 있습니다."

"아실지 모르지만…… 미다스는 남자입니다."

"그래요? 별로 대단한 비밀은 아니네요."

미다스가 신원 미상인 건 널리 알려진 사실이다.

하지만 그 공격적 투자 방식이나 분석 패턴을 보고 사람들은 대부분 미다스가 남자라고 예상하고 있다.

"크흠…… 그러니까 미다스는 남자죠. 그리고 여기는 모델 에이전시고요. 아실지 모르지만 미다스는 개인적으로 아스가르드라는 비행기를 운영하고 있습니다."

디나 헤겔은 눈을 반짝였다.

사업하는 사람들 중에서 아스가르드의 이름을 모르는 사람은 없으니까.

공식적으로는 부자들의 파티용 비행기이지만, 극강의 쾌락의 전당이라는 이름도 가지고 있는 아스가르드다.

비행기 특유의 낮은 기압이 인간의 고양감을 강화하고 쾌락을 더욱 강하게 느끼게 해 주기 때문이다.

"거기에 탑승시킬 여자를 구하시는 건가요? 그렇다면 잘못 찾아오신 것 같군요. 여기는 모델 에이전시입니다만."

"뭐, 여자가 없는 건 아닙니다. 다만 한 명이 부족해서요."

"한 명?"

"캐롤라이나 양이 여기 소속이지요?"

노형진의 말에 디나 헤겔의 눈이 묘하게 휘었다.

"캐롤을 탑승시키고 싶다는 건가요?"

"미다스의 개인적인 소망입니다."

캐롤라이나는 현재 전 세계에서 가장 핫한 모델이다.

주요 명품 브랜드의 모델로 나섰고 올해 가장 파격적인 모델로 뽑히기도 했다.

흑인과 황인의 혼혈이라는 특이성 때문인지 두 인종의 매력을 다 갖춘 그녀는 누구도 범접 못 할 아우라를 가지고 있기에 가장 미래가 창창한 모델로도 불리고 있다.

"일반적으로는 모델들이 아스가르드에 탑승할 기회가 있다면 거절하지는 않겠지만……."

디나 헤겔은 다 안다는 듯 묘한 미소를 지으면서 노형진을 바라보았다.

"캐롤은 의외군요."

"어흠. 뭐, 부자들의 성벽이 좀 독특한 부분이 있지 않습니까?"

"그건 그렇지요."

'그렇기는 개뿔.'

노형진은 스스로 자신을 팔면서도 기분이 좋지 않았다.

'하지만 그 성벽을 누구도 모른다는 게 이번 작전에서는 이점이지.'

미다스라는 존재는 철저하게 익명 속에 숨어 있다.

그렇다 보니 그가 누구인지 극히 일부만 안다.

당연히 그의 성적인 취향은 더더욱 알려지지 않았다.

'캐롤이라면 충분히 의심을 피할 수 있지.'

이유는 간단하다.

캐롤은 미성년자다.

아무리 사회적으로 성공한 사람이라고 해도 미성년자에 대한 페도필리아적 감정은 용납할 수 없다.

'하지만 현실적으로 일부 부자가 돈으로 틀어막고 있는 것도 사실이고.'

노형진은 디나 헤겔이 그 부분에서 속아 주기를 원했다.

그리고 다행히 디나 헤겔은 그가 원하는 대로 움직였다.

웃기지만 그녀가 보아 온 부자들의 행태가 노형진에게 믿음을 갖게 해 주고 있었다.

일반적으로 부자들의 변호사들은 뒷수습이나 더러운 일을 대행하는 경우가 많으니까.

"캐롤은…… 싸지 않을 겁니다."

"사라 양은 비싼 빵을 먹을 때 그 가격을 보고 고르나요, 아니면 맛을 보고 고르나요?"

"제가 쓸데없는 말을 했군요."

디나 헤겔은 다 안다는 듯 고개를 끄덕거렸다.

그걸 본 노형진은 한 가지 확신했다. 그 캐롤이라는 아이도 이번이 처음은 아니라는 것을.

'하긴 이런 여자가 사업체를 멀쩡하게 운영할 리 없지.'

더군다나 캐롤라이나는 그녀가 키운 모델이다.

그러니 그녀가 무슨 짓을 했을지 추측하는 건 어려운 일이 아니었다.

"자리를 마련하지요."

미소 짓는 디나를 보면서 노형진은 속으로 쾌재를 불렀다.

⚖

얼마 후 아스가르드는 호주로 향했다.

노형진, 아니 미다스는 캐롤라이나뿐만 아니라 디나 헤겔도 초대했다.

사실 캐롤라이나는 그녀를 속이기 위한 미끼일 뿐이니까.

"미다스는 탑승해 계신가요?"

"아닙니다. 미다스는 중국에서 탑승할 예정입니다."

"중국? 중국분이십니까?"

"아닙니다. 다만 업무상 중국에 계실 뿐입니다."

"그래요?"

"네, 어서 타시지요. 하늘의 궁전에 오신 것을 환영합니다."

노형진은 웃으면서 두 사람을 태웠다.

그들이 들어갔을 때, 비행기 안에는 술에 취한 여자들과 남자들이 여기저기 널브러져 있었다.

"오시면서 재미있게 노신 모양이군요."

"그게 목적이니까요. 하지만 중국으로 가는 동안은 좀 지루하실 겁니다."

"무슨 뜻인지 알겠네요."

캐롤라이나를 부른 것은 미다스다.

그 말은, 그가 손대기 전에는 누구도 손대지 못한다는 걸 의미한다.

"여기는 별로 좋은 모습이 아니니 올라가시지요."

"그러지요."

노형진은 그녀들을 2층의 침실로 안내했다.

천천히 고도를 높이는 아스가르드. 그리고 적당한 고도까지 올라가자 약과 술에 취해서 쓰러져 있던 사람들이 너도나도 벌떡 일어났다.

"어때? 속은 것 같아?"

"완벽하게."

"후후후, 내가 연기 하나는 쩔지."

손채림은 피식 웃으면서 옷을 단정하게 했다.

"다들 수고하셨습니다. 가서서 씻을 분은 씻으시고 2층에는 가지 마세요. 술과 음식은 공짜이니까 마음껏 즐기시고요."

그녀는 기꺼이 술을 공짜로 뿌렸고, 연기자들은 환호성을 지르면서 식당으로 향했다.

"그나저나 이번 사건은 큰 건인가 보네."

"아무래도 인질들이 잡혀 있는 사건이니까."

"그런데 여기에 왔다고 해서 과연 순순히 불까?"

"불 거야. 걱정하지 마. 이미 그들 음식에다가 수면제랑 자백제를 넣어 놨거든."

"역시 노형진. 무서운 인간이야."

"칭찬인지 욕인지 모르겠다."

"칭찬이야, 칭찬. 그러면 방향은? 중국으로 갈 건 아닐 테고."

"예정대로 일단 미국으로 갔다가 호주로 다시 돌아가. 아마 디나 헤겔은 이게 자신의 마지막 비행이라는 걸 모를 거야, 후후후."

디나 헤겔은 죽은 듯이 자고 있었다.

노형진이 완벽하게 속인 덕분인지 그녀는 별 의심을 하지 않고 음식과 술을 먹었다.

애초에 그럴 수밖에 없었다.

"너무 건조하게 해 놨나?"

그들이 있는 2층의 습도를 최대한 낮춰 놨으니까.

당연히 그녀는 목이 마를 수밖에 없었고 미리 준비된 물을 벌컥벌컥 마셨다.

"지옥으로의 비행인지도 모르고 잘도 자는구만."

노형진은 피식 웃으면서 그녀 옆에 앉았다.

그녀는 이미 비몽사몽인 상황. 정신적 방어는 전혀 없는 상황이었다.

"디나 헤겔, 맞습니까?"

"……."

물론 대답은 없었다.

하지만 노형진은 안다.

인간이 대답을 하지 않는다고 해서 그 말이 들리지 않는다는 의미는 아니라는 것을 말이다.

노형진은 그녀의 손을 잡았다.

"디나 헤겔, 맞습니까?"

그리고 잠결에 그녀는 자신의 이름과 관련된 생각을 했다.

살아온 과거와 부모 등등, 어떻게 보면 그녀가 감추고 싶었던 이야기가 모두 떠오르고 있었다.

노형진은 그녀의 신분을 확인하고는 혀를 끌끌 찼다.

"그래, 그렇지. 똥개가 똥을 끊지."

그녀가 운영하는 모델 에이전시는 확실히 세계적으로 유명한 기업이기는 했다.

하지만 그 안에는 비밀이 있었다.

그녀의 회사에 온 모델 지망생 중에 뒤끝이 없을 법한 여자들은 납치의 대상이 되었던 것이다.

누가 그곳을 의심하겠는가? 상당한 규모의 기업인데.

더군다나 모델이 되고 싶어 하는 사람들은 여기저기에 신분과 자료를 보낸다.

당연히 경찰도 추적하다가 결국 포기할 수밖에 없다.

"운이 더럽게 좋은 년이군."

애초에 모델 에이전시를 한 이유 자체가 여자들을 공급하고 자신의 신분을 감추기 위해였다.

그런데 황소 뒷걸음치다가 쥐 잡는다고, 대충 운영하다 보니까 성공한 케이스였던 것.

"뭐, 이제는 끝이지만."

노형진은 그녀의 손을 꽉 잡았다.

"디나 헤겔 양, 그러면 운영하는 마약 농장에 대해 우리 진지하게 이야기해 볼까요?"

노형진은 세상모르게 잠들어 있는 디나 헤겔을 향해 묘한 미소를 지으면서 말했다.

"갑자기 못 오게 되셔서 미안하답니다."

"별수 없지요."

디나 헤겔은 눈을 찡그렸다.

어떻게 미다스에 대한 정보를 캐내서 뜯어먹어 볼까 했더니 정작 미다스는 오지 못했으니까.

"다음번에 기회가 있으면 다시 불러 주시겠지요?"

"글쎄요. 그건 힘들지 싶은데요."

"그게 무슨 말인가요? 캐롤이 이제는 취향이 아니라는 건가요?"

"아니요. 그건 아닙니다. 다만 당신이 다시는 미다스를 볼 수 없다는 게 문제죠."

"그게 무슨 말이지요?"

눈을 찡그리며 묻는 순간 수십 명의 경찰이 그녀를 에워쌌다.

"당신들, 뭐죠?"

"디나 헤겔, 당신을 마약 제조 및 판매, 인신매매와 납치, 살인 그리고 대량 살인으로 체포한다."

"뭐라고요? 나, 나는 디나 헤겔이라는 사람이 아니에요!"

갑작스러운 상황에 그녀는 당황해서 더듬더듬 말했다.

하지만 이미 그녀의 모든 것은 다 드러난 후였다.

"쓸데없는 저항은 그만둬. 디나 헤겔. 이미 당신의 유전자 검사까지 다 끝났어."

"뭐라고요?"

"아무리 성형 기술이 발달해도 유전자를 바꿀 수는 없지요."

노형진은 피식 웃으며 말했다.

그러자 디나 헤겔의 얼굴이 표독스럽게 바뀌었다.

"네놈이 어떻게……!"

"그렇게 물으신다면 '잘'이라고 대답해야 하나요?"

"날 속여? 후회하게 될 텐데!"

노형진은 피식하고 웃었다.

"후회…… . 힘들 것 같은데요?"

비행시간은 길었고 노형진은 그녀의 기억에서 하나씩 정보를 얻었다.

그리고 몇 번이나 확인한 후 그걸 빌과 호주 정부에 보냈다.

"당신이 가진 열두 곳의 마약 농장들은 지금쯤 재만 남았을 겁니다. 그리고 그 안에 있던 오백여 명의 노예들도 모두 구출되었을 테고요."

"뭐, 뭐라고!"

"그리고 당신이 감춰 둔 비자와 증거들도 모두 찾아냈습니다. 울트라화이트는 지금 대대적으로 체포되고 있지요. 그리고 화이트캣 역시 모두 체포되고 있습니다. 제가 빠트린 게 있나요?"

디나 헤겔은 자리에 주저앉았다.

그녀가 가진 모든 것이 다 사라져 버렸다.

고작 열 시간 정도의 비행일 뿐이었다. 그런데 그사이에, 혹시나 몰라서 몇 겹으로 보호하여 감췄던 모든 사업이 한 번에 털렸다.

"당신에게 성 매수를 한 정치인들도 찾아냈고, 또 당신이 감춰 둔 해외 계좌 역시 찾아냈습니다."

"어, 어떻게⋯⋯?"

"당신의 모든 것은 사라졌습니다. 후회요? 당신에게 이제 저를 후회하게 할 수 있는 능력이 있을까요?"

디나 헤겔은 영혼까지 빠져나간 표정이었다.

마치 이 모든 게 다 꿈처럼 느껴졌다.

지금이라도 잠에서 깨면 자신의 비싼 침대에서 눈을 뜨게 될 것 같았다.

찰싹!

그녀는 스스로 잠을 깨기 위해 자신의 뺨을 때리기 시작했다.

어찌나 세게 때려 댔는지, 처음에는 그저 붉게 물들기만 하던 뺨이 어느 순간 아예 시퍼렇게 변해 버렸다.

"쓸데없는 짓은 그만하지."

빌 조던이 그녀의 손을 붙잡았다.

하지만 그녀는 멈추지 않았다. 현실을 인정하지도 않았다.

아니, 할 수가 없었다.

"이건 꿈이야! 꿈이라고!"

그저 자고 일어났을 뿐이다.

그런데 지금까지 이룩한 모든 것이 사라졌다.

"꿈이야! 꿈이라고! 으아아!"

빌 조던을 밀치고 계속해서 스스로의 뺨을 때리려고 하는 디나 헤겔.

하지만 그녀는 더 이상 자신을 학대할 수가 없었다.

까드득.

날카로운 소리와 함께 그녀의 손목에 수갑이 채워졌기 때문이다.

"아니야! 아니라고! 이건 악몽일 거야! 악몽일 뿐이야!"

노형진은 그걸 보고 피식 웃었다.

"디나 헤겔! 정신이상으로 풀려나려고 하는 시도라면 너무 늦은 것 같은데?"

"악몽이야!"

"뭐, 악몽이겠지. 죽어서도 계속될 악몽!"

"아악! 놔! 이건 꿈이야!"

디나 헤겔은 끌려 나가면서도 계속해서 비명을 내질렀지만 누구도 그녀를 불쌍하다고 생각하지 않았다.

⚖

"피해자들은 어떤가요?"

-일단 각 대사관에서 와서 신분을 확인하고 현재는 병원에 입원한 상태입니다. 상당수가 마약에 중독된 상황이라 치료는 오래 걸릴 듯합니다.

"역시나 그렇군요."

노형진은 한국으로 들어왔고 구출된 사람들은 각국의 대사관들이 케어하기 위해 몰려들었다.

한국 대사관 역시 마치 자기들이 구한 것처럼 거들먹거리면서 왔지만 노형진은 딱히 막지 않았다.

-호주 정부는 지금 난리가 났습니다. 디나 헤겔의 장부가, 파급력이 어마어마합니다. 정치인들 여럿이 날아가고 경찰 내부도 발칵 뒤집어졌고요.

"그 정도 범죄를 몰랐다고 하면 심각한 문제가 있는 거지요."

내부에 인종차별 주의자들이 얼마나 많은지 상상도 못 할 정도였고, 심지어 장관 한 명이 연루되어서 내각이 흔들릴 정도였다.

－덕분에 호주가 더 깨끗해졌습니다.

"물론 혼란은 좀 있겠지만요."

－감사합니다. 피해자분들은 최선을 다해서 치료해서 돌려보내겠습니다.

빌 조던이 전화를 끊자 노형진은 의자에 깊숙이 기대앉아 책상에 발을 올렸다.

"사진 한 장이 엄청나게 큰 건으로 확대되었네."

"원래 대부분의 사건이 그래, 큰 건일수록 작은 곳에서 시작되는 법이지."

"그나저나 호주 워킹 홀리데이도 이제 많이 바뀐다면서?"

"그러겠지."

원래 역사에 없었던 일이다.

하지만 이번 일을 계기로 좀 더 안전하게, 좀 더 좋게 바뀐다.

새로 입안되는 법에 따르면 워킹 홀리데이 비자로 들어온 사람들은 최소 한 달에 한 번 대사관에 위치와 근무처를 알려줘야 한다. 그러지 않으면 경찰이 수사에 들어가게 되었다.

"워낙 이번 사건에 피해자가 많았으니까."

한국에서만 피해자가 서른 명, 그중 열두 명은 결국 살아서 돌아오지 못했다.

한국뿐만 아니라 많은 나라들이 똑같이 피해를 입었다.

지금 이 순간도 호주로 가는 워킹 홀리데이는 모조리 취소되고 있는 상황이었다.

"당분간은 이런 기조가 계속될 거야."

"당분간?"

"인간은 망각하는 법이니까."

노형진은 안타깝게 말했다.

"우리가 할 수 있는 건 다시는 이런 일이 벌어지지 않게 최선을 다하는 것뿐이야."

그렇게 단 하나의 사진에서 시작된 사건은 호주를 거대한 소용돌이에 던져 놓고 끝나 갔다.

어…… 대한 독립 만세

"일본 놈들은 왜 이래?"

오광훈은 뉴스를 보면서 툴툴거렸다.

한국에 대해 욕하고 소송한다고 난리인 뉴스들.

그리고 그걸 보고 친일파들은 빨리 고개를 숙이지 않으면 나라가 망한다며 게거품을 물고 있었다.

"응? 뜬금없이 왜?"

"아니, 요즘 그렇잖아. 일본이 미친 건지, 헛소리를 찍찍 하잖아."

"헐."

"헐? 웬 헐?"

밥을 같이 먹고 있던 노형진은 신기한 듯 오광훈을 바라보면서 말했다.

"오광훈이가 시사에 관심을 가지다니 겁나 신기해."

"아, 씁! 나 검사거든!"

"검사이기는 하지, 이 국밥충 새끼야."

노형진은 긴 한숨을 쉬면서 수저를 내려놨다.

"국밥 말고 다른 거 좀 먹자. 뭐 사 준다고 해서 따라오면 날마다 국밥이야?"

"아니, 국밥이 어때서! 싸고! 뜨뜻하고! 든든하고! 양 많고! 푸짐하고!"

"든든하고부터 다 같은 이야기잖아!"

"너희 어머니도 네가 편의점 도시락보다 국밥 한 그릇 든든하게 먹는 걸 좋아하실 거다!"

"지금 내가 돈이 없어서 국밥 먹냐?"

노형진은 눈을 찡그렸다.

물론 국밥이 맛이 없는 건 아니다.

하지만 일주일에 네 번 이상 먹으면 그것도 질리기 마련이다.

"다음번에는 돈가스다."

"칫."

"하여간 네가 시사에 관심을 다 가지다니, 역시 자리가 사람을 만드는구나."

"그러니까 말 좀 해 봐. 일본 애들 요즘 왜 그래?"

이것이 법이다

노형진은 느긋하게 벽에 기댔다.

"일본은 지금 상황이 안 좋거든."

"안 좋다고? 엄청 호황 아니야?"

"그건 일종의 눈속임이야."

일본은 경제가 결코 좋지 않다.

현실적으로 일본을 대표하는 대부분의 산업은 내리막길을 가고 있고, 그렇다고 압도적인 기술력을 가진 것도 아니다.

반도체와 가전의 경우는 한국과 기술 수준이 역전되어 버린 상황.

"하지만 일할 사람이 없어서 한국 사람들을 뽑고 난리잖아?"

"그건 그렇지. 하지만 그 안에는 다른 이면이 있어. 이제 일본에서 일하던 세대가 바뀔 시기거든."

일본은 버블 세대라 하여 경기가 아주 호황인 시대에 태어난 사람들이 있다.

여유가 있었기에 아이들을 많이 낳았고, 그랬기에 그 인구는 어마어마했다.

"하지만 이제 그들이 은퇴하는 상황이지. 당장 한국만 봐도 그래. 지금 초등학교 학생들 숫자가 얼마나 된다고 생각해?"

"모르지."

"과거에 진짜 많았던 시절에 비하면 진짜 적어. 거의 4분의 1 수준이지."

과거에는 한 학교 한 학년에 열두 개의 반이 있었고 한 반에 쉰 명 정도였다.

　그런데 지금은 한 학년에 여섯 개 반씩, 한 반에 스물다섯 명이 보통이다.

　물론 생활 구역이 달라지고 학교가 늘어난 탓도 있다.

　"하지만 그래도 수가 적은 건 사실이지. 그들이 교체되는 시기가 되면 인력 부족은 어쩔 수 없는 현상이야."

　"그래? 그런 거군. 아줌마, 여기 국밥 하나 더 추가요!"

　"좀! 애초에 두 개 시켜!"

　"식으면 맛없어."

　그걸 보고 노형진은 혀를 끌끌 차면서 계속 이야기를 이어 갔다.

　오광훈이 시사에 관심을 가지는 것은 좋은 현상이다.

　검사라는 사람이, 그것도 스타 검사가 최소한의 시사 지식도 없으면 여러모로 곤란하니까.

　"그래서 인원이 부족해지는 거야. 거기에다가 현 일본 정부에서는 경기 부양책으로 어마어마하게 돈을 뿌렸지. 한 400조 엔 이상 뿌렸다고 하던가?"

　"허미."

　"그래, 그렇다 보니 경기가 무척 좋아 보여."

　일할 사람은 부족하고, 사방에서 노동자를 못 구해 난리다. 결국 사람을 쓰기 위해서는 추가 인건비를 줘야 하고 사방에 돈이 뿌려졌으니 그만큼 수익도 늘어난 듯 보인다.

"하지만 현실을 보면 좀 다르지."

당장 일본은, 제대로 일본을 대표하는 산업이라 할 만한 것이 없다.

물론 애니메이션이나 만화 같은 게 있기는 하지만 그건 한 사람의 재능에 기대는 부분이 커서 정상적인 산업이라고 보기 힘들다.

"일반적인 공업 쪽은 상당히 힘든 게 사실이야. 가격에서는 중국에 치이고 성능에서는 한국에 치이고. 그렇다 보니 돈은 엄청나게 넘쳐흐르는데 정작 일본 정부는 은퇴하는 베이비 부머 세대에게 연금조차 주지 못할 정도지. 거기에다 후쿠시마 사태도 있고."

후쿠시마의 상황을 보면 문제가 될 수밖에 없다.

"일본의 영토는 기다란 형태거든."

그리고 후쿠시마는 그 가운데에 위치한다.

만일 거기서 과거 러시아의 체르노빌 사태를 기준으로 안전 범위를 상정하면 일본은 위아래로 분단이 될 뿐만 아니라 수도인 도쿄가 대피 구역으로 들어가게 된다.

"어떤 나라든 국가란 수도를 기준으로 발달하게 되지. 만일 도쿄가 대피를 시작하게 되면 어떻게 될 것 같아?"

"아주 개판 되겠네."

"아마 일본의 경제는 완전히 몰락하겠지. 사실 그것도 그

거지만 다른 이유도 있어. 후쿠시마 쪽이 일본의 최대 곡창 지대 중 하나거든."

"그래서?"

"아까 말했잖아. 지금 일본의 경제 상황은 말 그대로 빛 좋은 개살구야."

거품이 잔뜩 끼어서 호황처럼 보이지만, 현실적으로는 초가 꺼지기 직전에 마지막으로 빛을 뿜어내는 상황이나 마찬가지다.

"일본 정부도 그걸 알지. 국민은 속인다지만 자기들이 모를 수는 없어."

"흠…… 그게 우리랑 뭔 관계인데?"

"고전적인 수법이야. 외부에 적을 만들어서 국민들의 시선을 돌리는 것. 더군다나 일본은 전통적으로 위에 대한 절대적 충성이 사회적 덕목이야."

한국의 선비 문화는 윗사람이 잘못된 길을 갈 경우 도끼를 들고 가서 직언하면서 '기분 나쁘면 이 도끼로 내 목을 쳐라!'라고 말하는 걸 충성이라고 생각하는 데 반해 일본 문화는 윗사람이 '너 기분 나쁘니까 할복해.'라고 말하면 그에 따라 할복하는 걸 충성이라고 생각한다.

"그렇다 보니 사회적으로 국가와 정치인들에게 저항한다는 것은 절대 있을 수 없는 일이지. 그건 그들에게 반역하는 거니까."

그러니 일본에서 자정이라는 것은 현실적으로 불가능하다.

"더군다나 아까 말했잖아, 일본은 지금 돈이 없다고."

그 상황에서 최대 곡창지대가 방사능 오염된 걸 인정하게 되면 1억이 넘는 인구를 먹여 살릴 수 있는 방법이 요원하다.

결국 수입해야 하는데, 정작 그럴 돈은 없다.

"파멸이군."

"그래. 일본은 그래서 절박할 수밖에 없어. 최소한 외부에 적을 만들어서 국민들의 시선을 돌리고 극단적으로 우민화하고 버티는 거지. 문제는 주변에 만만한 나라가 우리뿐이라는 거야."

중국이나 러시아는 너무 강국이다.

거기에다 막장 독재국가 시스템이라 수틀리면 전투기부터 출격시키는 나라들이다.

"하지만 한국은 아니지. 여러모로 라이벌인 게 사실이고."

가깝되 친하지는 않고, 만만하고, 건드려도 보복하지 않고.

"그래서 지랄하는 거라고?"

"뭐, 간단하게 표현하면."

"어휴, 난 모르겠다."

노형진은 그 반응에 피식 웃으며 미소 지었다.

'뭐, 예정보다 좀 더 다급해지기는 했지만.'

원래는 이렇게 극단적으로 반응하는 것은 몇 년이 더 지나야 한다.

그런데 노형진이 일본에 끼어들기 시작하면서 상황이 돌변한 것이 사실이었다.

경제 부분에 있어서도 대동의 내전과 노형진의 방해로 인해 내부에서부터 흔들리고 피폭 문제로 어마어마한 배상금이 나가야 한다.

더군다나 그동안 잘 통제해 오던 언론이나 국민들이, 일왕이라는 다른 통제 주체가 나타나면서 파벌이 나뉘어 싸우기 시작하자 일본 정부는 다급해졌고, 예상보다 훨씬 빨리 한국 때리기를 시작했다.

'뭐, 그건 나중에 해결하면 되는 거지만.'

노형진은 느긋하게 벽에 기대어 말했다.

"그나저나 일본 이야기는 왜 꺼낸 거야? 네가 시사에 관심을 가지는 건 좋지만, 원래 너는 그런 것에 관심이 없었잖아."

"아, 지난번에 그 방사능 피폭 문제 기억나?"

"기억나지."

그가 일본과 대동에 먹인 빅엿이 아닌가?

그 사건으로, 우세를 점하던 대동의 신동성은 빠르게 밀려나고 있었다.

'조만간 신동하에게 접촉해 올 것 같은데.'

그리고 그때가 신동우의 세력을 깎을 시기이기에 노형진은 상황만 보고 있었다.

"그, 얼마 전에 일본 자위관들이 한국에 와서 지랄하고 갔거든."

"자위관들?"

"그래. 아, 넌 모르겠구나. 정부에서 쉬쉬하고 있어서."

"그렇겠지."

현 정권은 친일 정권이다.

그들은 일본에 문제가 될 만한 것은 절대로 바깥으로 내보내지 않는다.

"뭔 지랄을 하고 갔는데?"

"그게…… 크흠…….

오광훈은 헛기침하더니 작게 말했다.

"사실은 말이지, 이거 비밀인데…….

"뭔데 비밀이야?"

"그 미친 새끼들이 위안부 소녀상에 정액을 뿌리고 갔어."

"뭐?"

순간 노형진의 얼굴이 확 찡그려졌다.

위안부 소녀상은 한국인에게 있어서 많은 생각을 하게 하는 상이다.

나라가 약해서 치러야 했던 그분들의 고통, 국가가 해야 하는 일을 못할 때 벌어지는 일, 그리고 일제강점기에 벌어진 일본의 수많은 범죄에 대한 분노.

그 모든 게 함축된 것이 바로 위안부 소녀상이다.

"그게 무슨 말이야?"

"아니, 그러니까 이게 어떻게 된 거냐면……."

늦은 밤에 남자 세 명이 술에 취해서 위안부 소녀상에 술을 뿌리면서 행패를 부렸는데, 그중 한 명이 바지를 내리고는 거기에다가 자위행위를 하고는 도망갔던 것.

"그런데 조사해 보니까 이 새끼들이 일본 자위관이네?"

"허."

"관광 와서 술에 취해서 한 행동이라는데……."

아침에 청소하러 온 청소부가 그걸 발견했고, 그래서 수사가 시작되었다.

'회귀 전에는 그런 일이 없었는데. 아니다, 그런 일이 한두 번이 아니었겠지.'

위안부 소녀상은 일본의 치부를 알려 주는 것이다.

당연히 일본, 특히 극우 세력은 게거품을 물면서 없애라고 난리를 피운다.

일본의 극우 세력과 한국의 친일파, 아니 민족반역자 세력들이 위안부 소녀상에 사보타주를 행한 게 한두 번이 아니다.

'아마 감춰졌겠지.'

술 뿌리는 놈들이야 한두 놈이 아니었을 테고, 정액 사건도 이슈화되면 반일 감정이 미친 듯이 폭증할 테니 정부에서도 쉬쉬하면서 처리하려고 했을 게 뻔하다.

"그래서 지랄이니 뭐니 한 거구만."

"그래. 그놈들 잡을 방법도 없고."

어깨를 으쓱하는 오광훈.

이미 그들은 일본으로 돌아갔고, 한국에서 그들을 처벌하려고 해도 그들이 한국으로 돌아올 리도 없거니와 일본에서 그들을 처리할 리도 없다.

"더군다나 이게 범죄인인도 조약에 걸리지도 않는단 말이지."

범죄인인도 조약에 따르면 강력 범죄를 저지른 자들을 처벌을 위해 넘기도록 되어 있다.

그런데 이 경우는 아무리 나쁘게 봐야 모욕죄에 해당되고, 그마저도 대상이 사람이 아니라 위안부 소녀상이기에 대상이 없다고 주장해 버리면 처벌도 애매해져 버린다.

술을 뿌리거나 하는 행위를 손괴로는 볼 수가 없기 때문이다.

일단 부서진 부분이 없으니까.

결국 최대한 처벌한다고 해 봐야 경범죄에 속하는 공연음란죄 정도일 뿐이다.

"그래서 좀 답이 없더라고."

어깨를 으쓱하는 오광훈.

노형진은 그 말을 듣고 슬며시 부아가 치밀어 올랐다.

"얼씨구, 이 새끼들 보게?"

물론 일본이 극우 세력이 판을 치고 있다는 건 알고 있다.

특히나 일본의 자위대는 군대라는 특성상 극단적 극우론자들투성이라고 봐야 한다.

더군다나 현재 일본은 사람이 없어서 한국 사람들을 데리고 가서 일을 시킬 정도다. 그런 상황인데도 일반 기업에 비해 보수도 많지 않은 자위대를 선택했다는 것은, 그 사람이 조국애가 강하거나 극우라는 소리다.

"그래서 관심을 가진 거지, 뭐."

어깨를 으쓱하는 오광훈.

"결국 이 사건은 그렇게 끝나는 거고."

현실적으로 처벌할 수 있는 방법은 없다.

즉, 이대로 흐지부지 끝날 것이 뻔하다.

"그래서 배알이 뒤틀려서 언론에 터트릴까도 했는데……."

"그러면 네가 잘리겠지."

그건 결코 좋은 선택이 아니다.

잠깐 일본에 대한 반일 감정이 한국에 일겠지만, 그 대신에 검찰 내부에서 새론 세력의 핵심인 스타 검사 시스템에 타격이 갈 가능성이 높다.

"흠……."

노형진은 스윽 턱을 문질렀다.

법적으로는 어쩔 수 없다.

'그런데 그냥 넘어가자니, 이거 진짜 배알이 뒤틀리는데.'

아마도 그놈들은 그걸 알고 저질렀을 것이다.

잡히지도 않을 테고, 잡힌다고 해도 친일 정부인 현 정권에서 쉬쉬하면서 덮을 거라는 걸 말이다.

'이 새끼들 봐라.'

노형진이 비록 이성적으로 사건을 판단한다지만 그렇다고 해서 속에 분노가 없는 것은 아니었다.

"걱정하지 마. 그 문제는 내가 해결할게."

"응? 그게 무슨 소리야?"

"말 그대로야. 그 문제는 내가 해결할게. 일본하고 자위대에 엿 좀 제대로 먹여 보자고, 후후후."

⚖

노형진은 로버트를 불렀다.

이 건은 어느 정도 돈이 필요하니까.

"돈요?"

"네."

"미스터 노가 돈 문제로 걱정할 필요가 있나요?"

"물론 돈이 필요한 건 아닙니다. 다만 흔적을 남기지 않고 돈을 움직여야 해서요.”

“흔적 없는 돈이라…….”

로버트는 노형진의 말에 침착하게 생각을 정리했다.

어떤 사람이든 흔적이 없는 돈이 필요한 경우가 있다.

가정에서는 소위 말하는 쌈짓돈에서부터 기업에서는 뇌물, 정치인들은 정치자금까지.

그건 노형진도 마찬가지다.

“최대한 당겨 볼까요?”

“아니요. 최대한 당길 필요는 없습니다. 다만 돈의 흐름만 좀 만들어 내면 됩니다.”

“네?”

“특정 단체로 한 5천억쯤 돈이 들어갔으면 좋겠는데요. 조용히.”

“5천억요?”

로버트의 목소리가 낮아졌다.

그럴 수밖에 없는 게, 5천억이라는 건 절대 작은 금액이 아니기 때문이다.

노형진이 비밀리에 넣고 싶어 하니 자금을 여기저기서 돌려야 하는데, 그 금액을 단시일 내에 구하는 건 절대 쉬운 일이 아니었다.

“5천억이나 구하려면 시간이 좀 필요합니다.”

“아니 아니, 그런 게 아닙니다. 진짜 5천억을 넣으라고 하는 게 아니라, 5천억의 자금 흐름만 만들어 냈으면 하는 겁니다."

"5천억의 자금 흐름요?"

"네. 그런 방법이 있다고 하던데요?"

"그건……."

로버트는 입을 다물었다.

그런 방법이 있다.

일종의 금융 사기 방식인데, 자신들이 가진 돈을 몇 번이고 외부로 돌려서 겉으로는 더 많은 것처럼 꾸미는 것이다.

가령 500억을 가지고 있으면, 그걸 적당히 돌릴 수만 있으면 순식간에 5천억의 흐름으로 만들 수 있다.

"하지만 그건 사기 수법입니다만."

로버트는 우려 섞인 목소리로 다시 물었다.

"설마 미스터 노가 사기를 치려고 하시는 건 아니지요?"

"아, 사기를 치려고요."

"네에?"

"물론 금융 사기를 치는 건 아닙니다. 다만 일본을 내부에서 좀 흔들어 볼까 생각 중입니다."

"일본을 내부에서요?"

"네. 가능하겠습니까?"

"차라리 마이스터를 동원하시지요?"

마이스터와 미다스가 총동원되면 일본 경제는 한순간 휘

청거릴 수밖에 없다.

　그들 입장에서는 그렇잖아도 상황이 안 좋은데 마이스터의 공격을 버티기는 힘들 것이다.

　"물론 그러면 편하지요. 하지만 그건 제 존재가 드러납니다. 더군다나 전에도 한번 겪어 보지 않으셨습니까? 마이스터의 투자자들은 자기 돈으로 우리가 전쟁하는 걸 원하지 않습니다."

　"하긴 그건 그렇지요."

　과거에 마이스터를 공격했던 투자회사가 있었다.

　그러나 노형진의 함정에 빠져서 심각한 타격을 입었고, 노형진은 그 사실을 그 회사에 속한 사람들에게 알림으로써 결국 그 회사가 파산하게 만들었다.

　투자회사에 돈을 맡기는 이유는 돈을 불려 달라는 거지 그걸 가지고 전쟁하다가 날리라는 게 아니니까.

　"우리가 그러면 의뢰인들이 우리에게 책임을 물을 겁니다."

　"그러면 그냥 돈이 많이 들어간 것처럼 보이기만 하면 된다 이거군요."

　"그렇습니다."

　"그건……."

　로버트는 조용히 입을 열었다.

　"어렵지 않습니다. 사실 좋은 투자 전문가는 한편으로는 아슬아슬하게 사기의 영역에 발을 담그고 있는 부분도 있어서요."

즉, 로버트가 나서서 하고자 한다면 그 이상의 흐름도 만들어 낼 수 있다는 거다.

"하지만 왜 일본에 그러시는 건지 모르겠습니다만."

"그놈들이 제 배알을 뒤틀리게 만들어서요."

노형진이 오광훈에게 들었던 이야기를 해 주자 로버트는 고개를 흔들었다.

"도대체 그 사람들은 왜 그런답니까?"

"모르지요."

"물론 저는 미스터 노도 이해가 안 갑니다만."

화가 난다고 국가 단위로 엿을 먹이려는 노형진의 스케일은, 아무리 로버트가 성공해서 돈을 많이 만진다고 해도 감을 잡지 못할 정도였다.

"일단 제 마스터는 미스터 노이니 원하는 대로 해 드리겠습니다. 최대한 돈을 돌려 자금 흐름을 만들어 내지요."

"감사합니다."

"추적이 불가능한 자금으로 해야 하니 시간이 좀 걸릴 겁니다만."

"상관없습니다. 사실 목표액을 못 채워도 상관없습니다. 흐름 자체만 만들어 내면요."

"알겠습니다. 최대한 조심스럽게 하겠습니다. 그런데 그러려면 자금 흐름을 대표할 뭔가를 만들어야 하는데, 어디로 할까요?"

노형진은 씩 웃으며 이름을 건넸다.

"여기로 하시면 됩니다, 후후후."

그걸 본 로버트의 눈썹이 살짝 올라왔다.

"뭐라고?"

남상진은 노형진을 미친놈 바라보듯이 했다.

"갈수록 개판이군. 무기가 필요해? 네놈이 간땡이가 부었다는 건 익히 알고 있지만, 설마 혁명이라도 일으킬 생각이냐? 네놈이 돈이 많은 것도 알지만, 한국은 고작 네가 흔든다고 해서 망할 정도의 나라가 아니다."

"오, 애국심?"

"애국심이 아니라, 네놈이 그랬다가 죽으면 나까지 엮이니 하는 말이다!"

노형진은 키득거렸다.

"그렇기는 하네. 하지만 애석하게도 내가 필요한 건 무기가 아니라 무기 상자야. 내가 미쳤냐, 무기를 거래하게?"

"무기 상자?"

"그래. 무기들이 들어 있지 않은 빈 상자."

무기들은 나름의 상자가 다 있고 그 안에 탄약과 물건을 보관한다.

그리고 노형진이 원하는 건 딱 그거였다.

"빈 상자?"

"그래. 그런 거 얼마나 구할 수 있지?"

"원한다면야 뭐, 얼마든지 구할 수 있지."

애초에 그런 걸 만드는 건 일도 아니다.

"아니, 그냥 모양만 있는 거 말고 로트 번호 적혀 있는 거 말이야."

로트 번호. 모든 무기 상자들의 일련번호라 할 수 있다.

그 번호를 통해 무기의 흐름을 추적할 수 있다.

물론 밀수가 아닌 상황에서만 말이다.

"진짜로 존재했던 놈이 필요한 거냐?"

남상진은 노형진이 노리는 게 뭔지 알았다.

로트 번호가 있고 없고의 차이는 그 무기가 실제로 존재하느냐 아니냐의 결정적 차이다.

무기 상자야 얼마든지 똑같은 모양으로 만들 수 있지만 로트 번호만 추적하면 그게 실존하는 건지 아니면 그냥 모양만 무기 상자인지 어렵지 않게 알 수 있다는 소리였다.

"그래."

"도대체 왜? 그걸 뭐에 쓰려고?"

"일본에 내전을 일으킬 생각이다."

"일본?"

"그래, 일본."

"빈 상자로?"

"당연하지."

"네놈의 미친 짓은 점점 끝을 모르고 벌어지는군."

남상진은 머리를 절레절레 흔들었다.

중국과 미국 사이에서 위험한 줄다리기를 하는 것도 어이가 없어 죽겠는데 이제는 일본에서 내전을 일으키겠다니?

그러나 노형진의 얼굴에는 여유가 넘쳤다.

"진짜 내전을 일으키지는 않을 거야. 다만 일본의 심장을 쫄깃하게 해 줄 생각이야."

"쫄깃?"

"그래. 일본의 자위대를 제대로 흔들어 보려고, 후후후."

⚖

일본은 하나의 국가다. 하지만 일본이라는 땅이 원래 하나의 국가인 것은 아니었다.

정확하게 말하면, 한국은 독립을 하는 데 성공했지만 그러지 못한 곳도 존재한다.

바로 류큐 왕국.

지금으로 치면 오키나와 일대를 지배하던 나라로, 1879년 일본에 강제 합병되어 450년의 역사를 유지하던 류큐 왕국은 결국 사라지고 말았다.

한국이 1910년 강제 합병되었으니 그 시기는 그다지 차이가 나는 것은 아니었다.

"그래서 류큐 왕국이라는 곳에 아직 독립 세력이 있다 이거지?"

"그래. 오키나와 쪽에는 그걸 위한 정당도 있어. 물론 제대로 인정받지는 못하고 있지만."

노형진은 오광훈에게 차분하게 자신의 계획을 설명했다.

"현실적으로 오키나와는 독립이 힘들어. 하지만 또 한편으로는, 자칭 본토인이라고 부르는 일본인들에게 극단적인 차별을 받고 있는 것도 사실이지."

공식적으로는 오키나와 역시 본토라 불리고 있지만 현실적으로 그 지역 출신이라고 하면 알게 모르게 차별이 이루어지고 있다.

당장 주일 미군 역시 대부분이 오키나와에 주둔하고 있어 그 피해를 오키나와 사람들이 보고 있고, 오키나와의 주민들이 문제를 해결해 달라고 아무리 외쳐도 일본 정부에서는 철저하게 그들의 요청을 무시하고 있다.

"쉽게 말해서 본토인은 1등 국민, 오키나와인은 2등 국민이라고 보면 돼."

"그렇게 차별한다고? 이해가 안 가네."

오광훈은 고개를 갸웃했다.

결국 일본인 아닌가?

더군다나 합병한 지 뭐 10년, 20년 지난 것도 아니다.

무려 150년 가까이 지났으면 차별이 사라져야 정상이 아
닌가?

"일본의 전략이 그거잖아. 일본은 신분을 나누고 아랫사
람에게 충성을 요구해. 오키나와, 그러니까 류큐 왕국은 그
런 전략에서 사실상 최하위에 배치되는 거지."

"으음......."

오광훈은 노형진의 말에 이해를 못 하겠다는 듯 고개를 흔
들었다.

"실제로 그들은 제대로 섞이지 못하고 있어."

지금도 자신을 일본인이라고 표현하지 않고 류큐 사람이
라고 표현하는 오키나와 사람들의 비율이 40% 정도이다.

그리고 30%는 양쪽 다라고 표현한다.

즉, 70%의 사람들이 본인을 일본인이라기보다는 류큐 사
람이라 여긴다는 것이다.

"하지만 그들이 딱히 독립운동을 하는 건 아니잖아. 그랬
으면 벌써 난리가 났지."

실제로 오키나와에는 류큐 왕국의 독립을 쟁취하자는 사
람들이 존재하지만, 현실적으로 그들이 요구하는 독립도 아
예 별개의 국가로 존재하고 싶어 한다기보다는 1국가 2체제

를 뜻한다.

당장 오키나와가 독립한다고 해도 그들만으로 먹고살 방법이 없으니까.

"정확하게 말하면 아예 별개가 되겠다는 건 아니야. 오키나와에서 활동하는 가리유시클럽의 경우는 그런 이원부제를 요구하고 있어. 중국의 홍콩처럼 대우해 달라는 거지."

"가리유시클럽? 뭔 독립 단체가 클럽이야?"

"일단 외부적으로는 그 구조가 애매하니까."

정당이라고 하자니 속해 있는 국회의원은커녕 지방의원 하나 없다.

그렇다고 과거 이름인 류큐독립당이라고 주장하자니, 군사적인 저항을 포함하고 있는 이름인지라 그 이름으로 활동하기 애매하다.

"그래서 현재는 가리유시클럽이라고 불려."

"거참, 특이하네."

"하여간 우리 계획은 그쪽을 지원해 주는 거야. 정확하게는, 해 주는 척하는 거지."

뭔가를 지원받는다고 해서 그들이 일본을 상대로 내전을 벌일 가능성은 없다.

어찌 되었건 그들의 정체성은 기본적으로 일본인이다.

본토인들이 아무리 오키나와의 사람들을 무시한다고 해도, 그들의 입장에서는 그래도 한국인보다는 가깝다고 생각하는 게 사실일 테니까.

"그러니 그들이 싸울 수 있게 하는 게 아니라, 싸울 능력을 가지고 싸움을 준비하는 것처럼 보이게 하는 게 내 계획이야."

"싸움을 준비하는 것처럼 보이게 한다라……."

"한국에 신경 쓰지 못하게 하려고."

"어떻게?"

"간단해. 일본 내에서 반군 세력이 나타난 것처럼 꾸미려고."

그렇잖아도 차별 대우를 받는 오키나와 사람들이다.

만일 그들이 반항하기 시작하면 자칭 본토의 사람들은 무슨 생각을 하게 될까?

아, 우리가 잘못했으니 반성하고 잘해 주자?

아니다. 점령자들은 절대 그렇게 생각하지 않는다.

'감히 우리에게 반항을 해?'라고 생각할 가능성이 더 높다.

"그런 만큼 우리가 그들에게 멘붕을 일으키게 할 수 있지. 아마도 일본 정부는 류큐 왕국을 추앙하는 오키나와 사람들에게 더 강한 탄압을 하기 시작하겠지."

그리고 그 순간부터 오키나와에서는 진짜 반항의 기치를 올리게 될 것이 뻔했다.

그렇잖아도 지금도 차별받고 있는 와중인데 그보다 더 강한 압력이 들어온다면 당연히 반항하는 것이 인간이다.

이것이 삶이다

"그런 만큼 그들을 지원하는 게 중요해."

"하지만 그런다고 해서 일본 자위대가 피해받을 게 뭐가 있어?"

오키나와는 주일 미군이 어마어마하게 몰려 있는 곳이다.

그곳에서 독립하고 싶어 한다고 해도, 주일 미군이 그걸 그냥 둘 리 없다.

일단 독립이라는 기치가 내걸리고 말이 나오는 순간부터 주일 미군의 입장이 곤란해지기 때문에, 그들은 최소한 비공식적으로나마 일본을 도울 수밖에 없다.

"아니, 싸움을 왜 거기서 하겠어?"

"응?"

"거기에 사람이 얼마나 많은데 반군이 활동하겠어? 그건 현실적으로 불가능하지. 내가 노리는 곳은 후쿠시마야."

"후쿠시마? 아니, 그놈의 후쿠시마는 또 왜 튀어나오는데?"

"일본에서 거기만큼 일 꾸미기 좋은 곳이 어디 있어?"

사람도 없고 온 동네가 싹 쓸려 있어서 숨기도 좋다.

"거기에다가 내가 전에 말했잖아. 일본 자위대에 제대로 엿을 먹이겠다고, 후후후."

"이게 뭐야?"

일본 자위대 다카시로 육장은 갑작스러운 보고에 정신이 아찔했다.

　육장은 한국으로 치면 중장급의 계급으로, 다카시로는 일본의 정보를 담당하고 있는 사람이었다.

　"류큐독립여단? 이런 곳이 있었어?"

　갑자기 언론사로 날아온 일종의 선언문. 거기에는 자칭 류큐독립여단이라는 곳에서 보내온 내용이 실려 있었다.

　그런데 그 문제가 심각했다.

　"구 류큐 왕국 지역의 독립을 요구하며, 그걸 받아들이지 않는 경우 전쟁도 불사하겠다고? 이거 미친 거 아냐?"

　다카시로 육장은 손이 바들바들 떨렸다.

　겉으로는 일본군이 세계 제일의 강군이라고 주장하기는 하지만 현실적으로 일본군, 아니 일본 자위대의 수준을 모르지는 않기 때문이다.

　그런데 그 와중에 갑자기 독립여단이라는 놈들이 생겼다니?

　"이놈들은 뭐 하는 놈들이야?"

　"모르겠습니다. 갑자기 생겨났는지, 우리 정보에는 없습니다. 현재 오키나와 쪽에서 지원받는 반군 단체로 의심하고 있습니다만."

　"반군이라니! 대일본에 반군이 어디 있어!"

　"하지만 단순히 미친놈으로 봐서는 안 됩니다. 여기 그들이 선언문과 함께 보내 준 사진을 봐 주십시오. 뒤에 잔뜩 쌓여 있는 박스는 무기 박스입니다."

소총에서부터 탄통, 지뢰, 거기에다 지대공미사일과 대전차미사일까지, 완편된 부대에 대응할 수 있는 무기들이 어마어마하게 쌓여 있었다.

"이게 가능해? 이거 가짜 아니야?"

"가짜는 아닙니다. 이미 박스에 있는 로트 번호를 확인했습니다. 그런데 모두 존재하는 무기입니다."

"그런데?"

"그게…… 죄다 어디로 갔는지 알 수가 없는 무기들입니다."

당연하다.

거기에 있는 로트 번호들은 죄다 남상진이 거래한 밀수 무기들이니까.

물론 그 내용물은 없고 그저 번호뿐이지만 무기 상자에 로트 번호를 가짜로 적는 건 일도 아니었고, 그걸 추적하면 어디로 갔는지 알 수 없는 무기들이 나올 수밖에 없었다.

"이게 무슨 말도 안 되는 소리야?"

정신이 아득해지는 다카시로 육장.

지금까지 전쟁이라고는 겪어 본 적 없이 오로지 정치질로 여기까지 성장한 그에게 있어서 현 상황은 최악이나 다름없었다.

"이놈들이 이걸 가지고 있다고? 그것도 오키나와에?"

오키나와에 독립을 주장하는 자들이 있다는 건 알고 있다.

하지만 그들의 세력은 무척이나 작고 실질적으로 위험하지 않다는 걸 알기 때문에 무시했다.

하지만 그들이 무장하면 그 순간부터는 이야기가 달라진다.

당장 저기에 있는 대전차미사일을 이용해서 장거리에서 정박한 미군 함정을 공격하거나 미군에 대한 기습을 할 수도 있기 때문이다.

"이거 어디서 튀어나온 놈들이야? 도대체 어디서 나왔느냐고!"

"그건 모르겠습니다. 하지만 미군 쪽도 위험하다고 생각하고 있습니다. 그쪽에서 조사한 바에 따르면 그쪽에서 대략 457억 엔 정도 자금이 흐른 흔적이 있답니다."

"뭐라고!"

457억 엔.

절대로 작은 규모의 집단이 가질 수 있는 돈이 아니다.

이 정도면 대함미사일 같은 것을 가지고 있을 수도 있다.

"이게 어디서 튀어나온 거야? 당장 추적해!"

"알겠습니다. 그러면 오키나와는 어떻게 할까요?"

"오키나와?"

"그렇습니다. 현실적으로 개인이 그 정도의 돈을 만들 수는 없습니다. 현재 정보 부서의 분석에 따르면 오키나와에 있는 독립 세력이 오키나와의 주민들에게서 모금한 것으로 추정된다고 합니다."

"이런 개 같은 자식들이……."

다카시로 육장은 눈을 잔뜩 찡그렸다.

그리고 그 말이 절대 틀린 말이 아니라고 생각했다.

실제로 이 정도의 돈을 개인이 만들 수는 없다.

설사 만든다고 해도, 그들이 일본에서 왜 전쟁을 벌인단 말인가?

어쨌거나 오키나와 출신 중에서 이 정도로 성공한 사람도 없다.

그렇다면 오키나와에 살고 있는 사람들이 조금씩 모금해 줬다는 소리밖에 안 된다.

"당장 수사 시작해! 조금이라도 의심스러우면 잡아들여!"

다카시로 육장은 언성을 높였다.

그리고 바로 그게 노형진이 바라던 바였다.

⚖

"오키나와 경제가 개판 되겠는데?"

일본 정부에서 오키나와에 대한 대대적인 감사에 들어갔다.

갑자기 완전무장한 반군이 나타났는데 그걸 밀어준 게 오키나와 사람들로 의심되니까.

"그리고 그런 경우 군은, 아니 자위대군. 하여간 자위대는 자국 군대가 아니라 점령군 노릇을 하기 시작하지."

노형진은 길을 순찰하는 자위대 사관들을 바라보며 느긋하게 말했다.

"그렇잖아도 본토에서 철저하게 무시해 왔는데 이제는 급기야 마치 배신자처럼 대우하기 시작하면 당연히 오키나와의 사람들은 슬슬 열 받을 수밖에 없어."

갑작스러운 반군의 등장에 그나마 상권을 유지시켜 주던 미군의 외출이 통제되기 시작하자 오키나와에는 심각한 경제 문제가 생겼다.

기본적으로 오키나와라는 곳의 경제 자체가 한국인 관광객과 주일 미군을 상대로 하는 구조로 되어 있는 곳들이 많다.

일본 땅이지만 정작 일본의 영향력은 별로 없는 것이 현실이다.

그런데 일본 자위대의 자위관들이 순찰을 돌면서 분위기를 망치고 주요 인사들을 뒷조사하기 시작하자 분위기가 살벌해지는 것은 어쩔 수 없었다.

"아군과 점령군은 느낌이 전혀 다르니까."

이제는 점령군처럼 이야기하는 자위관들에게 오키나와의 주민들은 불만을 가지기 시작했다.

물론 그렇다고 해서 혁명이나 반역이 일어나지는 않는다.

"뭐, 대충 여기 상황은 알겠는데 말이지."

오광훈은 바로 앞에 있는 파르페를 작살내면서 주변을 둘러봤다.

"고작 이런 분위기를 만들자고 시작한 거야?"

"아니. 그럴 리가 있나?"

노형진은 씩 웃었다.

"이제 자위대를 날려 버려야지."

"자위대를 날려?"

"그래, 후후후. 과연 자위대 자위관들의 충성심은 어느 정도인지 궁금하지 않아?"

노형진은 씩 웃었다.

　일본 자위대와 미군의 모든 신경이 오키나와로 몰려 있던 그 시기.

　문제는 전혀 엉뚱한 곳에서 발생했다.

　긴급 보고라며 달려온 부하가 쏟아 낸 말에, 의자에 앉아 있던 다카시로 육장은 뒤로 넘어갈 뻔했다.

　"뭐라고? 후쿠시마에서 대량의 무기가 발견되었다고?"

　"그렇습니다."

　다카시로 육장에게 보고하는 삼등육좌는 다급하게 보고서를 넘기며 읽었다.

　"후쿠시마의 은밀한 곳에서 소총 100정, 탄약 1만 발. RPG-7 두 개가 발견되었습니다. 그리고 다수의 수류탄 역시 같이 발견되었습니다."

"어떻게 후쿠시마에……. 아니다……. 그럴 수도 있겠군."

후쿠시마 사태 이후에 그곳에 접근하는 사람은 거의 없다.

특히나 바다 쪽은 더하다. 어마어마한 오염수를 바다로 내보내고 있으니까.

"그게 어떻게 발견된 건가?"

"민가에 감춰져 있었다고 합니다."

그 정도 양이면 대략 1개 소대 이상을 무장시킬 수 있다. 그 가격도 만만찮은 상황이다.

그런데 그게 거기서 발견되다니.

"문제는 그것뿐만이 아닙니다. 거기서 도쿄와 천황궁으로의 진격 계획서가 발견되었습니다."

계획서에 따르면 1만 명의 병력이 세 개의 노선으로 나뉘어 일반 대중으로 위장, 도쿄로 이동한 후 도쿄를 접수하고 정치인들을 구금함과 동시에 천황궁을 점거하는 것으로 되어 있었다.

또한 각 지역에 있는 동조자들이 동시에 각 지역의 도청이나 시청 등을 점령하는 작전이 잡혀 있었다.

물론 작전일 뿐이지만 이게 심각한 것이, 작전을 짠다는 것은 그걸 운영할 병력이 있다는 걸 의미하기 때문이다.

만일 이 작전대로라면 지금 전국에 숨어 있는 류큐독립여단은 그 숫자가 최소 3만 명이라는 건데, 아무리 일본이 자국 보호를 위해 병력을 가지고 있다고 해도 3만 명은 절대 작은 숫자가 아니다.

더군다나 이건 해외에서의 침탈도 아니고 자국 내 반군이기에 평화헌법을 고치는 데에도 전혀 도움이 안 된다.

"당장 회의를 해야겠어."

다카시로 육장은 자리에서 벌떡 일어났다.

"이 계획에 따르면 계획 시작일이 그다지 머지않았어. 그러니 당장 전군을 동원해서 후쿠시마를 뒤져. 분명 어딘가에 무기를 감추고 있을 거다."

"알겠습니다, 다카시로 육장님."

"그리고 오키나와에 대한 감시도 더욱 철저하게 하고."

다카시로 육장은 그렇게 말하고는 다급하게 발을 놀렸다. 마음이 너무나 급했다.

⚖️

"아예 한 10만쯤 하지 그랬냐?"

"그럴 걸 그랬나?"

노형진은 확 변해 버린 일본 자위대의 분위기를 보고는 아쉽다는 듯 고개를 끄덕거렸다.

"한 10만쯤 했으면 아주 난리가 났을 텐데."

"아무리 그래도 10만은 무리지. 한 3만 정도면 모를까."

노형진은 무기와 함께 도쿄 침공 계획서를 두고 나왔다.

그 무기는 노형진이 남상진에게 구입한 유일한 진짜였다.

그걸로 사람을 죽일 생각은 전혀 없었기에 그대로 일본 자위대에 상납한 것이다.

"그런데 진짜 속을까?"

"무시는 못 할 거야."

그냥 서류만 발견되었다면 의심만 할 뿐이겠지만 실제로 그 안에서 무기가 발견되었다.

무기가 있다는 것은 그 계획서가 믿을 만하다는 거고, 당연히 일본 자위대는 혹시 모를 상황에 대비해서 방어를 하기 시작해야 한다.

"그리고 여기서부터가 진짜 속임수지."

노형진이 쓸데없이 돈을 들여 그들에게 무기까지 상납하면서 작전을 짠 게 아니다.

"상황이 이렇게 되면 자위대는 어쩔 수 없이 병력을 후쿠시마에 투입해야 해."

방사능에 오염된 후쿠시마 지역. 그곳에 들어가는 것은 극소수의 재건 작업자들뿐이다.

대부분의 자위대 병력은 그 안에 들어가지 않는다.

그저 들어가는 입구에서 통제할 뿐이다.

"지금까지 외부에서 꿀 빨던 자위관들에게는 날벼락이 떨어진 거지."

"그러니까 이게 최종 목적이었던 거야?"

후쿠시마 지역으로의 자위대 투입. 그게 노형진이 노리던 일이었다.

"자위대는 사실상 군대라고 하기보다는 직장인 개념이니까."

실제로 자위대에 오는 사람들은 국가에 대한 충성심 때문에, 아니면 그냥 먹고살기 위해 오는 경우가 많다.

현실적으로 그렇다 보니 병보다 간부가 더 많은 구조의 부대가 되어 버린 것이 바로 자위대다.

"그렇잖아도 자위대는 그다지 지원자가 많지 않아서 인력 보충에 힘들어하고 있지."

그럼에도 불구하고 그나마 유지되는 것은 공무원이라는 특성상 어지간하면 잘릴 위험이 없기 때문이다.

"하지만 전투에 들어가고 위험한 상황에 처하게 된다면 이야기는 달라지지."

물론 명령이니까 들어가는 사람도 있기는 할 것이다.

"그리고 그건 그것대로 문제가 될 테고 말이야."

노형진은 씩 웃었다.

⚖

자위대에서는 대대적으로 병력을 투입해서 후쿠시마 전역

을 수색하기 시작했다.

물론 수색을 한다고 해서 없는 무기들이 나올 리 없다.

하지만 군대라는 조직은 절대 쉽게 포기하지 않는다.

'수색했더니 없다.'가 아니라 '우리가 수색을 제대로 하지 못해서 발견하지 못했다.'라고 생각한다.

당연히 또다시 수색하고 또 수색하고 또 수색한다.

그리고 그사이에 그들은 자신들도 모르게 일본에 공포를 드리우고 있었다.

"이거 뭡니까? 일본 자위대는 화생방 방호복을 입고 수색하는데 우리는 이게 뭐냐고요!"

일부에서 시작된 불만.

자위대도 군대인 만큼 화생방 방호복이 있으니 그걸 입고 지역을 수색하는 것은 당연한 일이었다.

그런데 그게 문제가 되었다.

"안전하다면서요!"

안전하니 후쿠시마로 돌아가라고, 그리고 생업에 종사하라고 한 일본이었다.

그런데 정작 군인들에게는 화생방 방호복을 풀로 입히고 방독면까지 쓰게 하고, 작업자와 거기서 사는 사람들에게는 아무것도 주지 않은 것이 문제가 된 것이다.

"후쿠시마는 안전합니다!"

"그러면 이 자위대원들은 뭡니까!"

사진과 동영상을 흔드는 사람들.

자위대의 장교는 미칠 것 같았다.

'나보고 어쩌란 거야?'

그냥 들여보내자니 그 안의 방사능이 심한 건 다 아는 사실이다. 그러니 방호복을 입히지 않을 수는 없다.

"그냥 만일에 대비해서입니다."

"만일? 그 만일이 방사능입니까? 그러면 거기서 사는 사람들과 근무자들은 무슨 잘못입니까?"

"아닙니다. 혹시 모를 반군의 공세에 대비해서……."

"둔중하고 무겁기 그지없는 방호복을 입고 반군의 공세를 대비한다고요?"

군용 방호복은 무겁고 움직이기 힘든 구조로 되어 있다.

당연히 전투에 들어가면 제대로 싸우는 건 불가능에 가깝다.

문제는, 무겁기는 하지만 정작 총알에 대한 방어를 제공하지는 않는다는 것이다.

"목숨을 걸고 싸워야 하는데 방사능 방호복을 입는 이유가 도대체 뭡니까?"

장교는 입을 다물 수밖에 없었다.

"벗기라고요?"

"그래. 국민들이 불안해하지 않나?"

"하지만 육장님, 그러면 병사들이 방사능에 피폭됩니다."

부하는 기겁했다.

방사능 방호복도 없이 후쿠시마에서 작전이라니.

"그건 안 될 말입니다!"

"그러면 어쩌자는 건가? 이대로 반군이 뭉쳐서 수도로 진격하게 그냥 둘 건가?"

"그건……."

"작전에 실패한 장군은 용서해도 경계에 실패한 장군은 용서하지 못한다는 말도 모르나!"

부하는 아무런 말도 할 수가 없었다.

실제로 군사작전에서 가장 중요한 것은 바로 경계다.

하물며 적들이 존재한다는 걸 알고 그들이 뭘 할지도 알면서도 그냥 둔다는 것은, 군인으로서는 절대로 용납할 수 없는 일이었다.

"당장 그냥 투입해!"

"그러면 방호복은……."

"동일한 방호복을 입혀서 넣어!"

다른 노동자들과 똑같은 방호복을 입혀서 밀어 넣으라는 말에, 부하는 왠지 일이 제대로 틀어지고 있다는 생각을 지울 수가 없었다.

이것이 법이다

"내가 이러기 위해 온 줄 알아! 이건 진짜 아니지!"

자위대는 당장 난리가 났다.

자위대는 기본적으로 군대의 업무를 수행하는 곳이다.

당연하게도 상명하복이 기본이다.

문제는 그렇다고 해서 군대인 것은 아니라는 거다.

"이건 말도 안 됩니다!"

자위대는 군인이라기보다는 공무원 취급이 바로 일본의 현실이다.

즉, 자위대에 입대한 사람들은 나라를 지킨다는 개념보다는 공무원이라는 개념으로 들어오는 경우가 더 많았다.

일부 극우적 마인드나 조국을 지킨다는 개념이 없는 것은 아니지만 그건 말 그대로 일부고, 대부분은 그냥 먹고살기 위해 들어왔다.

"당장 그만두겠습니다. 제가 죽으러 온 것도 아니고."

"맞습니다! 우리가 왜 여기 왔는데요?"

일본에서 자위대와 자위관의 직위는 그다지 선망의 대상은 아니다.

솔직히 말하면 일본에서 자위대라는 직장은 야쿠자로 빠지기 직전 막장 중의 막장 수준에서 그나마 합법적으로 들어가는 마지막 보루라는 느낌이 있었는데, 그 때문에 여기까지 떨어진 사람들은 그다지 충성심이 강하지 않았다.

"나도 이해는 하는데, 위에서 하라고 하니까 방법이 없잖아."

"일등육위님, 육위님은 결혼한 지도 얼마 안 되셨잖아요? 진짜 들어가실 겁니까?"

일등육위, 그러니까 한국에서 대위쯤 되는 남자는 움찔했다.

지금 일본에서 결혼한 사람들에게 최대의 공포는 다름 아닌 장애아를 낳는 것이다.

암이 문제가 아니라, 장애아가 태어나면 그때는 인생이 시궁창으로 처박히니까.

"나도 들어가고 싶지는 않지."

"일등육위님도 그러신데 저희는 뭐 다릅니까? 최소한 방호복은 입게 해 줘야지요!"

"알아. 아는데……."

상식적으로 방사능 방호복이 없는 것도 아니고 군용 방호복이 존재한다.

규정상 방사능 오염이 의심되는 지역에는 무조건 그걸 입고 들어가야 한다.

그런데 후쿠시마는 방사능에 오염된 것이 의심되는 지역이 아니라 아예 오염이 확실한 지역이다.

그런 곳에 입고 들어가지 말라니.

"나도 그러고 싶지 않다고. 하지만 위에서 국민들이 불안해한다고 무조건 벗고 들어가라는데……."

이것이 법이다

"그게 말이나 되느냐고요!"

자위관들이라고 해서 바보가 아니다.

그들은 도리어 군 훈련을 받았기에 방사능의 위험에 대해 누구보다 잘 안다.

그런데 거기에, 멀쩡하게 있는 군용 방호복을 벗고 들어가라니.

"그럴 수는 없습니다! 이건 부당한 명령입니다!"

일부 사람들이 들고일어나는 분위기가 생기자 일등육위는 당황했다.

일본 문화에서 상부의 명령에 이렇게 대대적으로 적대적으로 나오는 경우는 무척이나 드물었다.

"이봐, 이건 명령이야! 시키면 시키는 대로 하라고!"

일등육위의 말에 다들 입술을 악물었다.

군대라는 조직. 그곳에서 그들이 도망갈 수 있는 곳은 없었다.

⚖️

"황태자 전하, 이 문제에 대해서는 확실히 의견을 표현하시는 게 좋다고 생각합니다."

신동하는 보통 노형진과 새론의 도움을 받아 왔다. 하지만 이번 경우는 도리어 노형진의 부탁으로 천황가에 이야기를 전하러 왔다.

무척이나 합당한 이야기였기 때문에 그도 전달하는 게 전혀 부담스럽지 않았다.

"방사능 오염 지역에 들어가는 병사들의 건강에 대한 우려를 표현해 달라 이건가?"

"그렇습니다, 황태자 전하. 그들은 우리 대일본국을 지키는 사람들입니다. 그들에게 충분한 장비와 물자가 있는데 확실하지 않은 이유로 사용하지 못하게 한다는 것은 상식적으로 말이 되지 않습니다."

"그 사용하지 못하는 이유가 단순히 국민들의 불안감이고?"

"그렇습니다."

요히토는 턱을 문지르며 생각에 빠졌다.

천황가가 노형진의 도움으로 종교적 자리를 차지하고 일본 정부, 즉 내각과 대립각을 세우고 있다지만 그렇다고 해서 정치 참여가 허락된 것은 아니다.

"하지만 이건 정치 참여가 아니라 천황으로서 병사들의 건강에 대해 우려를 표명하는 정도일 뿐입니다."

"하긴 그렇다고 볼 수 있지."

정치적인 문제라면 그로 인한 정치적 파급력이 있어야 한다.

하지만 현실적으로 병사들의 건강을 우려하는 건 딱히 정치적으로 걸릴 게 없다.

애초에 천황은 명목상 일본의 총지배자이며 또한 대표자이므로, 그들이 일본의 국민인 자위관들의 건강에 대해 우려 섞인 말을 하는 것은 그다지 문제가 될 게 없다.

"그리고 이번 발표로 인해 천황가에 충성하는 자위관들이 많아질 수도 있습니다."

원래 자위대는 철저한 중립의 위치에 있어야 한다.

다만 일부 자위관들이 극우 세력에 동조해서 이리저리 날뛰기는 하지만, 대부분의 자위관들은 중립을 잘 지킨다.

'하지만 지난번 사태 이후에 상황이 좀 달라졌지.'

노형진이 천황가를 전면에 내세우면서 공격 대상으로 삼은 것은 다름 아닌 자위관들이었다.

그들에게 중립의 의무가 있다지만 천황에 대한 충성은 헌법에 명시되어 있기 때문에 그에 해당되지도 않는다.

그래서 그 당시 극우 세력을 통해 천황가를 충성의 대상으로 보느냐 마느냐를 많은 자위관들에게 몰아붙였고, 대부분은 헌법에 따라 천황가를 충성의 대상으로 대답했다.

"그리고 이번에 천황가에서 그들의 건강에 대해 우려를 표명하신다면 현실적으로 천황가와 그들이 하나로 연결되는 효과가 나타날 것입니다."

"하나로 연결된다?"

"그렇습니다. 천황가에서 그들을 걱정하고 그들이 법에 따라 천황가에 충성을 바치는 것이 정치적 문제는 아니지 않습니까?"

자위대라는 무력이 천황가를 따른다는 것은 참으로 미묘한 문제다.

전 세계 어딜 가나 무력을 가진 자가 세상을 지배하기 때문이다.

지금까지 내각이 그 자리에 있었는데, 이번에 계획대로 된다면 천황가와 자위대가 직접 연결되는 구조가 된다.

"호오? 그렇게 된단 말이지?"

요히토는 눈을 반짝였다.

그렇잖아도 일본 자위대의 소속 문제가 애매하기는 했다.

국가 소속이기는 한데 과연 충성의 대상이 누구냐는 문제.

'그런데 이런 식으로 해석하면 내각도 곤혹스럽겠군.'

천황을 무시하라고 하면 헌법을 무시하는 셈이 되고, 그렇다고 해서 천황이 딱히 정치를 하는 것도 아니다.

자위대는 공무원이고 공무원은 민간인인데, 천황이 자국 국민의 안전에 대해 우려를 표명하는 것이 과연 정치의 문제일까?

"정치적인 문제라고 볼 수 없겠군."

하지만 자위대에 천황의 존재를 각인시키는 가장 좋은 방법이기도 했다.

"좋은 생각이네. 내 아버님에게 말씀드리도록 하지."

요히토는 흡족한 표정이 되었다.

자신들의 자리가 점점 커지는 것에 그는 아주 기분이 좋았다.

   하지만 설마 그게 노형진이 분란을 일으키기 위해 설계한 작전이라고는 생각도 못 했다.

   그 시각, 자위관 한 명은 노형진을 만나고 있었다.

   "제가 소송하면 그 돈을 준단 말입니까?"

   "그렇습니다. 어차피 승진은 못 할 상황 아닌가요?"

   "그건……."

   이소로 이등육위, 그러니까 한국으로 치면 중위쯤 되는 이 자위관은 노형진의 말에 귀가 솔깃했다.

   "무려 5억입니다. 자위대에서 평생 일해도 못 벌 돈입니다."

   "그건 그런데……."

   "나라를 팔아먹으라는 것도 아닙니다. 다만 정당한 권리를 얻기 위해 싸우라는 말씀입니다."

   정당한 권리. 그건 바로 명령 불복종권이다.

   "사람들은 군인이나 자위대라고 하면 무조건 명령에 복종해야 한다고 생각하지요. 하지만 그건 잘못된 생각입니다."

   군대에서 명령은 아주 중요한 사항이다.

   전쟁 중 명령 불복종은 심각한 문제가 된다.

가령 돌격 명령을 내렸는데 거부한다거나 최전방으로의 발령을 내렸는데 거부한다면 군이 제대로 돌아갈 리 없다.

"하지만 그렇다고 해서 모든 명령이 다 정당한 것은 아니지요."

명령이라는 것은 상급자가 하급자에게 내리는 것이다.

그런데 그러한 점을 악용해서 말도 안 되는 짓을 시키는 놈들이 꼭 있다.

노형진의 친구에게 했던 것처럼 도둑질을 해 오라고 한다거나 장군이 여군에게 옷을 벗으라고 한다거나 하는 식의 명령 말이다.

"그래서 대부분의 군대는 다 비상식적인 명령에 대해서는 거부할 수 있는 권한을 인정하고 있지요."

물론 교전 지역으로의 이동이나 돌격 명령은 비상식적인 명령이라고 볼 수 없다.

그런 명령은 군대의 업무인 방위를 위해 꼭 필요한 부분이니까.

"하지만 그 과정에서의 장비 문제는 전혀 다르지요."

후쿠시마에 들어가서 정찰을 하라?

그건 할 수 있는 명령이다. 일단 반군의 존재가 의심스러운 상황이고 무기가 발견되었으니까.

"그런데 멀쩡하게 있는 방사능 차폐복을 입지 말라는 건 말이 안 되지요."

군용으로 분명 존재하며 개개인에게 지급된 장비다.

그런데 그걸 입지 말고 그냥 맨몸으로 들어가란다.

"그건 부당 명령에 해당됩니다."

방어 방법 자체가 없거나 극단적 상황이라 구할 방법이 없다면 또 모를까, 방사능 방호복은 이미 있는 물건이다.

"그러니 그 부분에 대해 소송하셔서 안전을 도모하실 수 있습니다. 물론 그렇게 된다면 승진은 힘드시겠지만요."

어찌 되었건 상관의 명령에 불복종하고 또 소송까지 하게 되면 승진은커녕 잘리지 않고 버티기도 힘들어진다.

"하지만 애초에 자위대에 뼈를 묻으려고 하신 것도 아니지 않습니까?"

"……."

그가 자위대에 온 이유는 돈을 벌기 위해서다.

자신의 가게를 가지는 것이 꿈인 그에게 능력 부족은 심각한 문제였다.

어지간한 기업에는 들어가기 힘든 게 그의 능력이었다.

고졸에, 그나마 제대로 공부도 못해서 성적은 바닥이었다.

늦게나마 정신 차려서 뭐라도 해 보려고 하니 할 줄 아는 거라고는 아무것도 없었고 취업하기에는 능력 부족.

'그래서 자위대에 지원한 거지.'

진짜 장애인만 아니면 들어갈 수 있다는 말이 있을 정도로 일본 자위대의 커트라인은 낮은 편이다.

어쩔 수가 없다. 애초에 지원자 자체가 많지 않으니까.

"그런 의미에서 5억은 충분히 가게를 여실 수 있을 만한 돈입니다."

노형진은 그를 살살 꼬시고 있었다, 소송하고 5억이라는 돈을 받으라고.

그런데 그 소송이 마냥 매국 소송도 아니다.

그리고 노형진에게는 이소로에게 내밀 가장 강력한 무기가 있었다.

"이소로 이등육위님, 결혼 계획은 있으시지요?"

"그건…… 그렇습니다."

어찌 되었건 그는 만나는 여자가 있었고 당연히 결혼까지 생각하고 있었다.

"그러면 그 사이에서 장애를 가진 아이가 태어나면 어쩌시겠습니까?"

이소로는 움찔했다.

그렇잖아도 일본 내에서 장애아 출산율이 높아졌다.

그런데 그 또한 그 대상에 포함된다면?

"일본의 장애인 지원 시설은 형편없습니다."

한국보다는 그나마 나은 편이지만 장애인이라는 존재를 국가에서 모두 책임져 주지는 않는다.

결국 가족들이 케어해 줘야 한다.

"이건 우연으로 감당할 수 있는 문제가 아니지요. 가령 둘

째나 셋째도 장애라면 어쩌실 건가요?"

"그, 그런……."

첫 번째 아이가 장애인인 경우 많은 가족들이 둘째를 가진다.

부모가 죽고 나서 장애를 가진 첫째를 누군가 케어해 줬으면 하는 마음에서 그러는 것이다.

"하지만 이건 단순히 우연이 아니지요."

우연이 아니라 방사능에 의한 유전자 피폭이 원인이다.

아이를 낳았는데 장애아라면, 당연히 다른 아이들 역시 장애를 가질 가능성이 무척이나 높아진다.

"하지만 5억이라면? 검사가 가능합니다."

과거처럼 일단 낳아 보니 장애아라는 게 아니라 미리 양수 검사를 통해 어느 정도 장애를 발견해 낼 수 있다.

비참하지만 그게 지금 일본의 현실이다.

문제는 돈이다.

그런 검사를 하는 데 들어가는 돈이 적지 않다.

하물며 박봉으로 소문난 자위관의 월급으로는 부담이 갈 수밖에 없다.

"물론 거절하셔도 됩니다. 보고하셔도 되고요. 하지만 자위관 중 한 명은 저희 편을 들어 줄 수도 있다는 것을 생각하셔야 합니다."

이소로는 입술을 깨물었다.

노형진의 말이 맞다.

자신이 자위관이기 때문에 누구보다 잘 안다.

대부분의 자위관들은 충성보다는 그냥 직장의 개념으로 다니고 있는 게 현실이고, 그들은 더 좋은 기회가 생긴다면 다른 곳으로 떠난다는 것을 말이다.

웃긴 일이지만, 자위대의 권력은 극우 세력이 쥐고 있지만 정작 자위대에 근무하는 사람들은 극우 세력을 싫어한다.

그럴 수밖에 없는 게, 극우 세력은 자위대를 군대로 바꾸려고 노력하고 있고 그 말은 군대가 되는 순간 자위관은 군인이 되며 어딘가 파병돼서 죽을 확률이 기하급수적으로 높아지기 때문이다.

"그러면 제가 그 명령에 대한 소송만 하면 됩니까?"

"다른 건 필요 없습니다."

노형진은 씩 웃으며 말했다.

"건강을 챙기셔야지요, 후후후."

$$\text{⚖}$$

이소로 이등육위는 노형진의 말에 홀딱 넘어가서 해당 문제에 대한 불만을 정식으로 제기하고 소송도 불사했다.

방사능 오염 지역에 들어가는 게 뻔한데 군에 지급된 방사능 방호복이 있음에도 불구하고 불명확한 이유로 해당 방사능 방호복을 착용하지 못하게 하는 행위는 부당한 명령이라고 소송을 냈던 것이다.

당연하게도 알게 모르게 그 문제로 불만을 가지고 있던 수많은 자위관들이 그와 동조하기 시작했다.

몇몇은 소송에 동참했고, 상당수는 소송에 참여하지는 않아도 마음으로라도 지지했다.

그들 또한 방사능 오염 지역에 들어가고 싶진 않으니까.

그러던 중 때마침 천황가에서 일본 자위관의 건강에 대해 우려를 표명하는 발표가 나자 재판부도 극우 세력도 극단적으로 갈리기 시작했다.

일부 극우 세력은 국가의 명에 따라야 한다며 게거품을 물었지만, 일부는 조국을 지키는 유일한 방벽인 자위대가 장비가 없는 것도 아닌데 석연치 않은 이유로 방사능 지역에 무방비하게 투입되는 건 말도 안 된다고 주장했다.

"아주 개판이네, 개판."

오광훈은 시끄러운 인터넷을 보면서 혀를 끌끌 찼다.

일본어판 인터넷이지만 요즘은 시대가 좋아서 일부 번역해서 주는 기능이 있어서, 글 자체를 읽는 데에는 별로 지장이 없었다.

"딸딸이 한번 잘못 쳐서 아주 군대가 날아가네."

"군대가 아니라 자위대."

"하여간 그게 그거지, 뭘."

노형진은 자연스럽게 그들을 방사능 구역으로 밀어 넣었고 그 결과, 자위대의 지원자들이 거의 제로로 떨어졌다.

　　현실적으로 방사능 지역에 밀어 넣는 게 눈에 보이고 그로 인해 소송까지 벌어졌는데 어떤 미친놈이 자위대에 들어가고 싶어 하겠는가?

　　"장기적으로 보면 자위대는 어쩔 수 없이 축소될 거야."

　　물론 자위대가 지금까지 후쿠시마 지역에 투입되지 않은 건 아니다.

　　출입자의 경계에서부터 긴급 구호까지, 많이 투입되었다.

　　"하지만 누군가가 부당 명령이라고 소송을 걸면 거기서부터는 문제가 되지."

　　지금까지야 다 명령이니까 어쩔 수 없이 투입되었다지만 이제 부당 명령이라고 판결이 나면 그 명령을 내릴 수가 없게 된다.

　　당연히 들어갈 때마다 완전 중무장을 하고 들어가게 되는데, 그 모습을 보고 거기에서 일하고 있는 노동자들과 주민들이 공포감을 가지지 않으면 그게 이상한 거다.

　　"그리고 지금까지 후쿠시마에 자위대를 투입했다는 소리는 별로 안 퍼졌거든."

　　하지만 이번 사건으로 인해 일본 전역에 그 소문이 퍼졌다.

　　심지어 천황가에서조차 우려를 표명할 정도의 상황.

　　"당연히 자위관 지원율은 바닥으로 떨어지겠지."

그렇잖아도 충원이 힘들어서 병신만 아니면 받아들이고 있다고 하는 일본 자위대다.

그런데 그 충원율은 더더욱 떨어질 수밖에 없다.

"아마 자위대는 당분간은 심각한 인원 부족 상황을 겪을 거야. 그리고 그게 악순환이 되겠지."

인원이 부족하니 후쿠시마에 더욱 자주 들어가게 될 수밖에 없고 당연히 방사능 피폭 가능성은 더욱 높아진다.

그들은 존재하지도 않는 류큐독립여단을 찾기 위해 후쿠시마를 뒤질 수밖에 없고 그 과정에서 상당히 많은 수의 자위관들이 암과 백혈병에 시달리게 될 것이다.

"그리고 그 경우에 일본에서 그들을 치료해 줄 리 없지."

안 봐도 뻔하다.

그냥 자르고 병원비는 알아서 하라고 할 것이다.

한국이나 일본이나, 군인에 대한 대우는 아주 밑바닥이니까.

"그리고 그걸 보고 자위관 모집률은 더욱 떨어지고?"

"그래."

"넌 말 몇 마디로 군대를 날려 먹는구나."

"아직 안 끝났어."

"응?"

"이제 슬슬 '본진'을 털어야지."

"본진?"

노형진은 씩 웃었고, 오광훈은 그 본진이라는 게 진짜 일본 정부라는 걸 직감적으로 느낄 수 있었다.

일본에는 여러 당이 있다.

류큐 왕국, 아니 류큐공화국을 꿈꾸는 가리유시클럽도 있지만 그 외에도 엄청난 수의 정당이 있다.

물론 대부분이 극우에 속하며 그렇지 못한 정당들은 아예 원내에 들어가지 못한다.

'하지만 여기는 좀 다르지.'

노형진은 그 정당 중에서 싹수가 보이는 정당에 찾아갔다.

다름 아닌 아이누민족당.

아이누족은 일본의 토착 민족이다.

한국에서는 북해도라 불리는 홋카이도 지역을 기반으로 하며, 그 지역에서 생활하는 아이누족의 편익을 위해 활동하는 정당이다.

물론 말뿐인 정당이다.

선발된 정치인도 없고 국회의원도 없으니까.

이유는 단 하나, 아이누족 자체가 가난해서 제대로 된 지원 자체가 안 되다 보니 제대로 활동하는 게 불가능에 가깝기 때문이다.

"저희를 지원해 주신다고요?"

"그렇습니다. 사회적으로 지방자치가 잘되어야 민주주의가 발전하는 것 아니겠습니까?"

"하지만 저희는 세력이 거의 없는데요."

"세력이야 만드는 거지요. 아이누족을 대표하는 당은 역시 아이누민족당 아닙니까?"

"그거야 그렇습니다만……."

다른 정당은 일본이라는 국가를 대표하지만 아이누민족당은 아이누족만을 대표한다.

'그리고 그들이 적당한 힘을 가지면 지역은 나뉘기 마련이지.'

노형진은 눈을 반짝이고 있었다.

"저희는 일본의 소수민족인 아이누족에 대한 차별을 심각하게 생각하고 있습니다. 그 때문에 저희는 아이누민족당을 지원해서 소수민족의 권리를 확충하고 싶습니다."

"하지만 아이누족도 아니시지 않습니까?"

"제가 알기로는 아이누민족당에는 그런 제한이 없을 텐데요?"

"그건 그런데……."

아이누민족당의 당령에 아이누족만 가입이 가능하다거나 일본인만 가입이 가능하다는 말은 없다.

도리어 당령에 따르면 아이누족의 복지와 발전에 관심이 많은 사람이라면 누구라도 가입이 가능하다고 되어 있다.

"저희는 소수민족의 복지에 관심이 많습니다."

"그건 감사합니다. 그런데 어떻게 지원해 주시려는 건지……."

"이런 건 어떨까요? 홋카이도에 아이누족만 근무가 가능한 공장을 세운다든가."

"네?"

고개를 번쩍 드는 민족당의 대표.

"복지라는 거, 별거 없습니다. 결국 돈이지요."

복지의 개념은 어렵지 않다.

국민들이 잘 먹고 잘살 수 있게 하는 것, 그게 바로 복지다.

다만 그러기 위해서는 돈이 필요할 뿐이다.

"물론 충분한 돈은 지원해 드리지 못합니다. 하지만 홍보비 정도는 지원해 드릴 수 있을 거라고 생각합니다."

노형진은 미소를 지으며 말했다.

아이누민족당의 대표는 그런 노형진의 손을 꽉 잡았다.

"감사합니다! 감사합니다!"

그는 진짜로 고마워서 눈물이 났다.

그렇잖아도 작은 당이고 지원도 거의 없어서 말로만 존재할 뿐 제대로 움직이지 못했다.

그런데 이제는 제대로 활동할 수 있게 된 것이다.

"감사할 것 없습니다. 다양한 민족이 다양한 삶을 살아가는 게 정상이니까요."

웃고 있는 노형진의 내면에 숨겨져 있는 작전을 아는 사람은 아무도 없었다.

"최종 작전이 일본의 지방 정당들을 지원해 주는 거라고? 이해가 안 가."

오광훈은 머리를 벅벅 긁으며 물었다.

노형진이 마지막 작전이 남아 있다고 해서 뭔가 하고 꼬치 꼬치 캐물었더니 일본의 지방 정당들을 지원해 준단다.

"아니, 왜?"

"왜는 일본이 왜고."

"그거 도대체 몇 년 전 개그냐? 상황 설명을 좀 하란 말이 야. 일본 자위대랑 이거랑 무슨 관계냐고."

"간단해. 일본은 말로만 민주주의고 말로만 지방자치거 든. 사실 현재 일본은 귀족정체에 가깝지."

"그건 네가 한 말이잖아."

노형진은 고개를 끄덕거리면서 마시고 있던 커피를 내려 놨다.

"역시 커피는 아메리카노야."

"말 돌리지 말고. 나 그거 궁금해서 잠도 못 자고 있거든!"

"오광훈이 시사에 관심을 가지다니 좋은 현상이야."

노형진은 다시 한번 고개를 끄덕거렸다.

"일본에 적을 만들어 준 것뿐이야."

"일본에 적을 만들어 줘?"

"그래. 일본은 지금까지 외부에서 적을 찾았지. 그리고 가장 만만한 게 한국이었고."

"그랬지."

오광훈은 격하게 고개를 끄덕거렸다.

조금만 시사에 관심을 가져도 알 수 있는 사실이다.

"그런데 원래 외부의 적보다 무서운 게 내부의 적이거든."

노형진은 실실 웃으며 말했다.

"내가 가짜로 만든 류큐독립여단이라는 존재. 그게 문제야."

사실 일본도 단일민족은 아니다.

한국 역시 과거에 백제, 고구려, 신라로 나뉘어서 싸웠다지만, 현대에 와서는 그들이 서로 다른 민족이라기보다는 하나의 민족이 세 개의 국가를 세웠다고 보는 성향이 강하다.

"하지만 일본은 아니지."

똑같이 아시아 계열이기는 하지만 류큐 왕국은 흡수된 지이제 150년 되었고 여전히 자신들은 류큐 사람이라고 생각하는 비율이 높다.

"아이누족도 마찬가지."

그들은 스스로 일본인이라고 생각하고 독립 생각은 하지 않지만 또한 자신들은 아이누인이라고 생각한다.

"그리고 우리나라의 지역감정을 보면 알겠지? 일단 지역이 나뉘어서 싸우기 시작하면 그 나라에 좋을 게 없지."

일본인들이 한국을 공격하는 행동의 바탕에는 두 가지 감정이 있다.

하나는 한국이 자신들을 추적하고 있다는 공포감.

그리고 나머지 하나는, 한국보다는 자신들이 훨씬 낫다는 우월감.

그러니까 일본은 아직도 한국을 과거 일제강점기의 노예로 보고 있다는 소리다.

"그런데 후자와 비슷한 대상이 바로 아이누족과 류큐 왕국이야."

한국인들이 잘 모를 뿐, 그들에 대한 차별은 상상을 초월한다.

"그런데 류큐 왕국에 반군이 생겼지. 그리고 내가 아이누 민족당에 적당한 돈을 뿌려서 홍보를 도와줬어. 그러면 그걸 본 극우 세력은 뭐라고 생각할까?"

아이고, 잘한다? 아이고, 착하다? 정치 잘한다?

그런 존재라면 극우라는 말이 붙지도 않았을 것이다.

"한국도 중국도 영국도, 결국 똑같았어."

지역 정당의 활동량이 많아지면 그들에 대한 대대적인 견제가 들어간다.

거기에다가 적당한 혐오와 적대감까지 준다면?

"탄압이군."

이미 류큐독립여단이라는 단체가 생겨났고 일본 내에는 소수민족이 독립하려고 한다는 반감이 생긴 상황이었다.

물론 오키나와 입장에서는 억울하겠지만, 극우 세력은 적을 찾아다니기 마련이다.

그동안 한국에 적대했는데 류큐독립여단이 생긴 오키나와에 대해 '거기는 일본이니까 괜찮아.'라고 할까?

"너도 전에 가 봐서 알잖아?"

노형진과 오광훈이 그곳에 갔을 때, 자위대가 순찰하는 분위기는 살벌했으며 알게 모르게 오키나와 사람들에 대한 차별이 이루어지고 있었다.

군인이 아닌 공무원인 자위관들에게 반역은 공포의 단어다. 전쟁을 해 보지 않았으니까.

"거기에다 그들은 오키나와를 적의 안방쯤으로 생각하게 되지."

위험지역이라고 인식하게 되면 병사들은 더욱 공격적으로 대하게 된다.

당연히 그 피해는 오키나와 사람들이 받게 되고.

실제로 일본 오키나와에서 자위관에 의한 폭력 사건이 발생했으며, 그 사유가 아이가 가진 장난감 총을 진짜로 착각했다는 것이었다.

물론 그건 비비탄 총이었고 일본에서도 흔하게 볼 수 있는 장난감이었다.

다른 곳과 다른 것은 오로지 단 하나, 그곳이 오키나와이며 정체를 알 수 없는 반군 단체와의 결속이 의심된다는 것뿐.

"그런 상황에서 아이누민족당을 비롯한 일부 민족이나 지역 색채가 강한 정당들이 갑자기 홍보를 늘렸지."

그들이 반역을 하거나 하지는 않았다.

하지만 홍보를 한다는 것 자체가 어찌 보면 세력을 본격적으로 늘리는 행위라 할 수 있다.

"그러면 극우 세력은 뭐라고 할까?"

"반역……."

오광훈은 노형진의 계획에 소름이 돋았다.

반역.

지금까지 단 한 번도 저항하지 않았던 소수민족이 목소리를 내기 시작했다.

"기본적으로 일본은 탄압과 차별의 문화야."

부라쿠민을 차별했고 한국인을 차별했다.

심지어 후쿠시마에서 온 이재민들을 방사능이 옮는다면서 차별하는 것이 바로 일본인들이다.

"차별과 특정인에 대한 공격을 통해 내부를 결속하는 게 극우 세력의 방법이지."

그리고 지금까지 그건 한국과 저항하지 못한 일부 소수를 향했다.

"하지만 이제 내부에 그들이 생겼지."

오키나와를 거점으로 하는 류큐 사람들.

북해도를 거점으로 하는 아이누족.

"과연 일본 극우 세력이 그걸 용납할까?"

어떻게 해서든 그들을 밟기 위해 탄압할 것이다.

그리고 탄압이 시작되면 그 두 세력은 당연히 저항하기 시작할 것이다.

"오키나와와 북해도는 일본으로 치면 대략 4분의 1쯤 되지."

그들이 뭉쳐서 저항하기 시작한다면, 일본 극우 세력은 내부에 아주 큰 적을 가지게 되는 셈이다.

"더군다나 일본의 자위대는 점점 그 수가 줄어 가겠지."

지원자는 없고 나가는 사람은 많다.

방어할 곳은 많아지고 일은 힘들어지기 마련이다.

"아마 일본에 정치적 대혼란이 올 거다."

노형진이 자신 있게 이야기하자 오광훈은 빵 터졌다.

"으하하하! 녀석들 딸딸이 한번 잘못 치더니 혼쭐나는구만!"

"아마 볼만할 거야, 후후후."

노형진은 과연 일본 극우 세력이 두 집단을 어떻게 대할지 진심으로 궁금해졌다.

'물론 답은 정해져 있겠지만 말이지, 후후후.'

"얼마요?"

"580만 원."

노형진은 병원 침대에 누워 있는 아버지 노문성의 말에 기가 막혔다.

"내놓지 않으면 압류하겠다고 하는구나."

"이것들이 미쳤나?"

한국에서 살다 보면 자동차 사고는 피할 수가 없다.

간단한 접촉 사고에서 대형 추돌 사고까지.

한국의 차량 수는 어마어마하고 그 운전자들이 다 안전 운전을 하는 것은 아니니 사고는 진짜 언제 어디서 벌어질지 알 수가 없다.

"그래도 사람이 다치지 않은 게 다행이지 않니."

침대 옆에서 사과를 깎던 어머니는 그나마 노문성이 크게 다치지 않아서 다행이라고 생각하는 듯했다.

사실 그게 틀린 말은 아니다.

"아니, 사람이 안 다친 거야 다행이지요. 하지만 이게 무슨 말도 안 되는 개소리예요?"

노문성의 차량이 신호를 받고 교차로에 진입하는 순간 과속하던 차량이 급브레이크를 밟으면서 노문성의 차를 옆에서 박았다.

다행히 감속이 어느 정도 이루어진 상황에서 추돌이 벌어졌기 때문에 양쪽 문짝이 찌그러지는 수준에서 끝났고, 노문성은 크게 다치지는 않았다.

"그런데 이놈들이 진짜."

사고는 그쪽의 명백한 과실이었고 그 비율 문제로 싸울 일은 없었다.

이건 누가 봐도 100 : 0이었으니까.

문제는 그 이후에 벌어졌다.

"내가 보험회사에 전화하는 사이에 다짜고짜 고리를 걸고 끌어가 버렸단다."

사고가 난 지 채 5분도 되지 않아서 달려온 몇 대의 견인 차량들.

모조리 사설 견인차였는데, 그들은 다짜고짜 노문성의 차와 가해자의 차를 끌고 가려고 했다.

당장 현장 사진도 못 찍었는데 말이다.

노형진에게 사고 대처법을 배운 노문성은 당연히 그걸 거부하고 사진을 찍고 보험회사를 불렀다.

보험에 사고 시의 견인 비용 역시 포함되어 있기 때문에 그게 정상이다.

그런데 그사이에 휙 끌고 가 버린 것이다.

"그리고 580만 원을 요구한다고요?"

"그래, 어이가 없더구나. 이게 정상이니?"

"정상일 리 없지요. 이 새끼들이 누굴 호구로 아나?"

사설 견인차라고 해서 요금의 규정이 없는 것은 아니다.

일반적으로 사설 견인차의 비용은 5만 1,600원부터 시작이고, 5킬로미터마다 추가 요금이 붙는다.

그렇게 해서 100킬로미터를 간 경우 19만 8,400원이고, 이후부터는 매 10킬로미터마다 1만 6,800원이 가산되는 시스템이다.

그런데 저들이 요구한 건 580만 원.

"그게 말이나 됩니까? 이 새끼들은 차를 끌고 어디 전국 일주라도 하고 왔답니까?"

서울에서 부산에 있는 공업사까지 간다고 해도 그 가격이 안 나온다. 아니, 거기에 갔다 와도 그 가격이 안 나온다.

"우리는 그 돈을 못 주겠다고 했더니 소송을 건다고 하더구나."

아내가 깎아 주는 사과를 받아 든 노문성은 긴 한숨을 내쉬었다.

"경찰에 신고는 하셨어요?"

"했는데 말이지, 거기서는 민사 건이라서 관여할 수가 없다고 하더라."

"이게 말이야, 방구야?"

말도 안 되는 바가지는 둘째 치고, 경찰은 아예 관여하고 싶지 않은 눈치였다.

"일단 금액은 얼마 안 되니까 그냥 줘야 할까 싶은데."

"차는요?"

"차는 그놈들이 자기들이 거래하는 정비소에 가져다 맡겼다고 하더라."

"거기 이름이 뭐예요?"

"해피정비라던가?"

"해피요? 참 어이가 없는 이름이네요."

노형진은 핸드폰으로 사고 현장에서 정비소까지의 거리를 확인했다.

그리고 자신도 모르게 혀를 끌끌 찼다.

"고작 20킬로미터인데요?"

사설 견인비로 확인하면 6만 8,300원 정도 되는 것이다.

그런데 580만 원이라니.

"이런 놈들이 한두 명이냐?"

"하긴 오죽하면 견인차를 몰면 인생 막장이라는 소리가 있겠어요?"

노형진도 한때 사고로 인해 견인차들과 싸운 적이 있었다.

그들은 노형진이 견인을 인정하지 않자 자기들끼리 짜고 노형진을 가해자로 몰아가려다가 도리어 노형진에게 당했다.

물론 견인차를 모는 사람들 중에서 정상적인 사람이 없는 것은 아니다.

하지만 견인차의 시스템 자체가, 정상적으로 운전하고 규정대로 하는 사람은 살아남을 수가 없다.

그래서 견인차들은 무차별적으로 신호를 무시하고 역주행을 하고 사고를 유발한다.

오로지 단 하나, 남들보다 더 빨리 견인해 가기 위해서 말이다.

지금은 경찰 무전기가 암호화되어서 덜하지만, 과거에는 아예 경찰 무전기를 도청해서 경찰이 출동하기도 전에 가서 차를 끌어가 버리는 경우도 있었다.

당연히 경찰은 사고의 원인 같은 걸 확인하지도 못했다.

그건 요즘도 마찬가지.

사고의 원인을 명확히 하기 위해서는 차량 주변을 찍고 사고 현장을 찍어야 하는데 보험회사가 오기도 전에 차를 끌고 가 버리니 보험회사는 손실을 나누는 데 곤혹스러운 경우도 있고, 심지어 부상자가 있는데 부상자는 방치하고 차만 끌고 가는 막장도 있었다.

"하긴 이게 한두 해 문제가 아니지요."

노형진은 이를 박박 갈았다.

"하지만 한두 해 문제가 아니니까 해결해야지요."

매년 견인차 사고는 수십 건이 벌어진다.

그리고 그 때문에 수십 명이 죽는다.

이유는 간단하다.

그들이 과속하면서 가려고 하다가 추돌 사고를 일으키는 것이다.

"네가? 하지만 별거 아닌 사건이지 않으냐?"

"그게 문제입니다. 이게 별거 아닌 사건이거든요."

바가지를 씌운다지만 수백만 원, 수천만 원을 요구하는 게 아니다.

그렇다 보니 소송하거나 싸우는 게 더 손해다.

더군다나 경찰도 이걸 민사사건으로 인식하고는 아예 끼어들지 않으니 대부분의 사람들이 더러워서 줘 버리는 경우가 많았다.

"그리고 저는 그런 더러운 싸움에 능숙하지 않습니까?"

"해결책이 있는 거냐?"

노문성은 신기한 듯 물었다.

지금까지 수십 년간 그렇게 굴러온 세상이다. 그런데 그걸 바꾸겠다니?

"해결책이 없는 게 아닙니다. 다만 귀찮을 뿐이지요."

노형진은 눈을 반짝였다.

"하지만 전 이런 귀찮음 대환영입니다, 후후후."

노형진은 바로 해당 사항을 새론에 보고했다.

하루에 전국에서 벌어지는 사고는 수백 건이다.

그 수백 건마다 이런 일이 벌어진다고 봐야 하기 때문에 이건 대규모 사건이 될 수 있는 건수였다.

"아, 이 미친놈들을 때려잡을 수 있다고요?"

노형진을 돕기 위해 찾아온 사람은 무태식 변호사였다.

그는 손이 근질거리는 듯 주먹을 쥐었다 폈다 하고 있었다.

"이 개새끼들, 아주 죽여 버려야지."

"무태식 변호사님은 왜 그러세요?"

"저도 사고 난 적 있거든요."

사고가 났는데 다짜고짜 견인해 가더니 나중에 뜬금없이 55만 원을 요구했다고 한다.

무태식이 화가 나서 변호사 자격증을 흔들자 그제야 규정대로 8만 7천 원을 받아 갔다고 한다.

"얼씨구, 개판이네요."

"이런 새끼들이 한둘이 아닙니다. 아니, 견인차 하는 새끼
들은 아주 악질이에요, 악질. 물론 노 변호사님 아버님은 그
중에서도 진짜 악질에 걸린 것 같지만요."

"안 봐도 뻔하지요."

노문성은 나이도 지긋하고 차도 비싸다.

돈이 없는 게 아니니까.

더군다나 노형진은 가장 중요한 게 안전이라고 생각했기
때문에 아버지에게 가장 안전한 브랜드 중에서 한 대를 골라
서 사 드렸다.

"아마 세상 물정 모르는 노친네가 비싼 차를 끌고 다닌다
고 생각했을 겁니다."

그러니 무조건 끌고 간 후 돈을 내놓으라고 큰소리를 치고
있는 거고.

"이 새끼들, 아주 작살을 내야지요."

노형진은 이를 박박 갈면서 무태식과 함께 경찰서로 향했
다.

"그런데 이거, 경찰에서 민사라고 안 받아 주는데요."

무태식은 경찰서로 가면서도 고개를 갸웃했다.

이런 억울한 일이 한두 해 벌어진 게 아니다.

만일 경찰에서 이걸 때려잡으려고 했다면 벌어질 수가 없
는 일이다.

증거가 없는 사건이 아니니까.

하지만 경찰에서는 이걸 해결하려고 하는 의지가 없었고, 그 때문에 피해자들은 어쩔 수 없이 울며 겨자 먹기로 그 비싼 돈을 줘야 했다.

"누가 그래요? 경찰이? 경찰에서 일하기 싫어서 사건 접수 거부하는 게 어디 하루 이틀 일입니까?"

"그건 그렇지요. 하지만 바가지요금은 분명 민사 건인데……."

노형진은 코웃음을 쳤다.

"저는 바가지는 따로 해결할 겁니다. 일단은 다른 걸 해결해야지요."

"다른 거요?"

"이거 말입니다."

노형진은 미리 준비한 소장을 내밀었다.

어차피 사본을 회사에 제출해서 교범으로 삼아야 하기 때문에 미리 복사해 둔 물건이었다.

"도대체 뭘로 잡으시려고……. 절도요?"

"네. 차가 사고가 나서 운행이 불가능하다고 해서 그 차의 소유권이 견인차 업체로 넘어간 건 아니지 않습니까?"

노형진은 아버지인 노문성에게서 그 당시 상황을 확실하게 들었다.

사고가 난 후에 벌 떼같이 견인차들이 몰려들었고, 노문성은 견인하지 말라고 한 후 보험회사를 불렀다.

그 사이에 사설 견인차가 노문성의 말을 무시하고 다짜고짜 고리를 걸고 말릴 틈도 없이 차주인 노문성을 두고 끌고 가 버린 것이다.

"형식적으로는 절도의 구성요건이 완성된 거지요. 만일 주인이 병원으로 실려 간 상황이라면 점유이탈물횡령이 될 겁니다. 나중에 소장을 쓸 때 감안해 주세요."

주인이 있고 그 주인이 관리하고 있던 상황에서, 거부 의사까지 밝혔음에도 불구하고 강제로 끌고 갔다.

"흠…… 그럴듯하긴 한데요, 한 가지 문제가 있습니다. 절도든 점유이탈물횡령이든 결국 불법영득 의사가 있어야 하는데, 이건 단순 이동이지 불법영득의 의사는 없지 않습니까?"

"알지요. 그래서 제가 그걸 물고 늘어질 겁니다."

"그게 무슨 말이지요?"

"불법영득의 의사는 없지요. 하지만 그로 인한 이득을 노리고 돈을 요구하지 않았습니까?"

점유를 떠난 물건을 가지고, 돈을 주지 않으면 그걸 반환하지 않겠다고 버티고 있다.

"아…… 그러면 공갈이 되겠군요."

"바로 알아들으시네요."

그러니까 자기가 고의적으로 가지고 갔다는 걸 인정하는 순간 절도죄로 수사가 들어간다.

만일 그걸 가지고 갔다고 인정하고 견인비를 달라고 하지 않으면 절도가 성립되고, 견인비를 달라고 하면 공갈이 성립된다.

"사람들은 견인해 가면 업무의 계약이 이루어진 거라고 생각하지요. 하지만 엄밀하게 말해서 계약은 없었습니다."

아버지인 노문성뿐만이 아니다.

대부분의 사고에서 견인차들은 다짜고짜 와서 끌고 가고, 그 과정에서 사전 고지 같은 건 없다.

"현행법상 견인을 하기 위해서는 그 비용을 상대방에게 고지하도록 되어 있지요."

하지만 사설 견인차들 중 한 명도 그 규정을 지키지 않는다.

그러면 바가지를 씌우지 못하니까.

"돈을 달라고 하기 전이라면 절도가 되고 돈을 달란 후라면 공갈이라…… 이거 빼박인데요?"

무태식은 탄성을 내질렀다.

자신도 사고가 났지만 견인차를 대상으로 화만 냈지 그걸 경찰에 신고하려고 하지는 않았으니까.

"이제 이 새끼들, 아주 영혼까지 털어 줄 겁니다."

노형진은 웃으면서 안으로 들어갔다.

그리고 경찰을 만났다.

아니나 다를까, 경찰은 귀찮은 표정을 지었다.

"이건 민사 건이에요. 이건 저희한테 말하셔도 소용없어요."

"길에 정지되어 있는 차량을 무단으로 끌고 갔는데요?"

노형진은 경찰을 바라보면서 다시 물었다.

사실 노형진은 그에게 자신의 신분을 알려 주지 않았다. 그저 피해자의 가족이라고만 이야기했다.

"아, 거참. 아저씨가 법에 대해 알아요?"

경찰은 귀찮은 표정으로 말했다.

"그쪽은 그쪽에서 하는 일이 있고 우리는 우리가 하는 일이 있고."

"그게 무슨 말이지요?"

"사고 차량을 안 빼면 도로가 얼마나 혼잡해지는지 아십니까? 네? 그걸 빼야 도로가 운영되지. 하루에 전국에서 나는 사고가 한두 건인 줄 알아요?"

"그거랑 절도랑 무슨 상관이 있습니까?"

"아저씨, 진짜 공무집행방해로 처벌받아 볼래요?"

노형진은 어이가 없었고, 옆에 있던 무태식은 흥미진진한 표정으로 이 장면을 바라보았다.

아마 팝콘이 있으면 당장 꺼내 먹을 듯한 표정이었다.

"공무집행방해요?"

"바쁜 경찰 잡고 말도 안 되는 소리로 사건 접수해 달라니. 이건 접수가 안 된다니까요."

"분명 제 아버님이 가지고 가지 말라고 했습니다."

"그거 증명할 수 있어요? 네? 증명할 수 있냐고요. 구두계약도 계약입니다. 그걸 증명할 수 없으면 그냥 견인비 내고 끝내요."

'얼씨구?'

귀찮음으로 가득한 경찰.

보아하니 이런 경우가 많은 모양이었다.

'하긴 그렇겠지.'

그의 말대로 한 해에 한국에서 나는 교통사고가 수십만 건이고 그 대부분의 사건에 사설 견인차가 관련되어 있으니까.

"구두계약을 했다면 구두계약을 주장하는 곳에서 그걸 증명해야지요."

"아저씨, 아저씨가 법에 대해 좀 주워들은 게 있는 모양인데, 우리가 경찰입니다, 경찰. 경찰이 법에 대해 잘 알까요, 아니면 아저씨가 법에 대해 잘 알까요?"

실실 비웃는 경찰.

대부분의 경우 이러면 알아서 움츠러들고 소장을 도로 가지고 가기 때문이다.

"팝콘."

"네?"

"팝콘이 필요해, 진짜로. 콜라도 같이."

무태식이 무의식중에 팝콘을 찾자 경찰은 눈을 찡그렸다.

"뭐라는 거야?"

그는 몰랐지만 노형진은 피식 웃었다.

무태식은 본능적으로 이쯤에서 노형진이 경찰을 엿 먹일 거라는 걸 알아챘기에 한 말이었던 것이다.

"그래도 제가 형사님보다는 법에 대해 잘 알 것 같은데요."

"뭐요?"

"그래도 나름 변호사인데 법에 대해 경찰보다 모르면 접시물에 코 박고 죽어야지요."

순간 경찰의 눈동자가 격하게 흔들리기 시작했다.

난데없이 변호사가 튀어나올 줄이야.

"제가 모르는 사이에 법이 많이 바뀌기는 한 모양이네요. 경찰에게 사건을 접수하면 공무집행방해가 되다니."

"아니…… 저기, 그러니까……."

"그리고 언제부터 경찰이 법률의 해석까지 했습니까? 이거, 판사들은 다 때려치워야겠네요."

"죄송합니다. 제가 모르고 그만……."

"물론 모를 수도 있지요."

고개를 끄덕거리는 노형진을 보고 살짝 얼굴이 환해지는 경찰.

하지만 그 얼굴은 이내 똥 씹은 표정이 되었다.

"하지만 서장님과 감사실에서도 모를지는 두고 봐야겠습니다."

"허억!"

"서장님이 지금 계시지요?"

노형진은 품 안에서 핸드폰을 꺼내면서 씩 웃었다.

"경찰에서 법률의 해석에 대한 권한을 얻은 것 같으니 서장님의 법률적 해석에 대한 고견을 듣고 싶네요, 후후후."

⚖

"시원하기는 하네요."

무태식은 경찰서에서 나오면서 탄성을 내질렀다.

서장이 내려오고, 노형진이 검찰 감사실에 연락해서 거기서도 왔기 때문에 경찰서의 분위기는 살벌하기 그지없었다.

"하루 이틀 문제가 아니라니까요."

노형진은 고개를 흔들었다.

법률적 해석은 경찰의 권한이 아니다. 그건 검사와 판사의 권한이다.

그런데 경찰은 자꾸 법률을 자기 마음대로 해석하고 그대로 집행하려고 한다.

"그나저나 이렇게까지 적대적으로 해야 했습니까? 그냥 처음부터 변호사라고 밝혔으면 알아서 했을 것 같은데요."

"물론 그럴 겁니다. 하지만 그게 문제 아닐까요? 아까 들으셨잖습니까? 이런 사건이 한두 건이 아닙니다."

노문성의 차량을 견인해 간 회사는 이 지역 회사다.

"그런 놈들이 제 아버지한테만 바가지를 씌웠을까요?"

"아…… 그러네요."

그랬을 리 없다. 당연히 사고가 난 대부분의 사람들에게 바가지를 씌웠을 것이다.

"당연히 몇몇은 경찰에 신고했을 테고요. 하지만 보셨지요?"

그들은 공무집행방해 운운하면서 접수를 거부하고 민사 건이니 알아서 하라고 했다.

"그들의 행동을 보면 그들과 그 업체가 결탁했다는 걸 예상하는 건 어려운 일이 아니지요. 그래서 제가 고의적으로 제 신분을 알리지 않은 겁니다."

처음부터 변호사라고 했으면 아마도 이번 사건의 정보는 그 회사로 넘어갔을 테고, 그들은 당연히 법정 견인료만 받고 끝냈을 것이 뻔하다.

뭐, 정산이 잘못되었다거나 하는 식으로 변명하면서 말이다.

"하지만 이제 이쪽에서 약점을 잡았으니 더는 그럴 수도 없지요."

이미 그쪽에서 돈을 요구하는 것은 녹음해 둔 상황이다.

그런 상황에서 정보가 새면 저들이 흘렸다는 의미가 된다.

"당연히 경찰들은 조심할 겁니다. 더군다나 다음번에 신고가 들어오면 이 사람이 누군지 모르니 공무집행방해 운운하는 헛소리는 못 하겠지요."

노형진의 말에 무태식은 고개를 끄덕거렸다.

실제로 그가 당했던 일이니까.

"조사가 진행되면 견인차 운전사는 아마 정신이 아득해질 겁니다."

⚖️

"이름."

"박 형사님, 저기, 이러지 마시고……."

"이름."

"박 형사님. 아니, 형님."

"형님? 형님? 내가 왜 네놈 형이야! 이름!"

바락바락 악을 쓰는 박 형사를 보면서 레커차를 운전했던 조노수는 침을 꿀꺽 삼켰다.

"조……노수입니다."

"나이!"

"31세……. 저기…… 형…… 아니, 형사님. 왜 그러십니까?"

"몰라서 물어? 너 차량 훔쳐 갔잖아!"

"아니, 무슨 말씀입니까? 제가 차량을 훔쳐 갔다니요?"

"○○월 ○○일, 오후 4시. 몰라? 기억 안 나?"

"그건 견인인데요?"

"그러니까 그거 허락받았어?"

조노수는 눈을 데굴데굴 굴렸다.

허락? 받은 적 없다.

애초에 요즘은 견인하려고 해도 대부분의 사람들이 못 하게 지랄하기 때문이다.

인터넷이 발달하고 사람들이 똑똑해져 사설 견인차에 대해 알게 되기 시작하면서 일은 더더욱 힘들어졌다.

"그, 그거야…… 허락받았지요……. 네, 받았어요, 허락."

"그래서 계약서는?"

"아니, 형님. 아니, 형사님. 사고 현장 아닙니까? 그런데 거기서 어떻게 계약서를 씁니까? 당연히 구두계약을 했지요."

구두계약, 그러니까 말로 하는 계약.

법적으로 그 구두계약은 효과가 있는 것으로 본다.

단, 그걸 증명할 수 있다는 가정하에 말이다.

"그래, 구두계약을 했단 말이지? 그럼 증명은 뭐로 할래?"

"네?"

"증명 말이야."

"제가 구두계약하면서 명함을 드렸습니다."

"이 새끼야! 장난해? 구두계약을 하면 네놈 명함을 주는 게 아니라 상대방 명함을 받든가 신분증 사진을 찍었어야지!"

"워낙 혼란한 상황이다 보니까……."

조노수는 어떻게 해서든 처벌을 면해 보겠다고 변명을 했다.

하지만 이미 노형진이게 약점을 잡혀 버린 박 형사 입장에서는 모든 게 다 고깝게 들렸다.

"혼란? 너 그거 견인할 때 예상 비용 고지해야 하는 거 몰라?"

"그건…… 알지요."

"그래서 예상 비용 580만 원은 고지했냐? 상대방은 그걸 듣고 구두계약에 동의했고?"

"……"

"이 새끼야! 미쳤냐? 내가 지금 호구인 줄 알아?"

박 형사는 이를 박박 갈면서 말했다.

뭘 조금 유리하게 해 주고 싶어도 뭐가 있어야 가능한데, 고작 20킬로미터를 가고 580만 원이라니.

"저기, 그건 수정해서 청구할 테니까……"

"수정 청구? 너 사람 죽이고 죄송하다고 하면 끝나는 줄 알아!"

버럭 소리 지르는 박 형사.

"아이고, 박 형사님. 애 놀랍니다."

누군가의 목소리에 고개를 돌려 보니 견인차 회사 사장인 이찬민이 서 있었다.

"오랜만입니다, 박 형사님."

"어, 이 사장, 오랜만……이 아니잖아! 지금 조용히 안 해?"

"아이고, 박 형사님. 그만 고정하시고 커피 한 잔 하시지요."

"이 사장, 미쳤어? 지금 서장님이 눈 벌겋게 뜨고 있는데, 뭐? 커피 한 잔? 나 죽이려고 작정했어?"

"죽이려고 작정하다니요. 그럴 리가 있습니까?"

"아, 좀. 입 좀 닥쳐라. 진짜 상황 심각하거든."

이찬민은 고개를 갸웃했다.

사실 이런 신고가 들어온 적은 몇 번이나 있었고, 그때마다 적당한 인사를 건네면 무마되곤 했다.

그런데 오늘은 분위기가 평소보다 과도하게 싸늘했다.

"저기, 무슨 일이 있습니까?"

"아, 진짜."

박 형사는 주변을 스윽 둘러봤다.

다행히 주변에 동료 경찰 말고 다른 사람은 없었다.

"잠깐 나 좀 보자."

박 형사는 그를 데리고 조용한 곳으로 가서 조심스럽게 입을 열었다.

"저쪽에서 변호사를 붙였어. 그것도 아주 독종이야."

"네? 그럴 리가요?"

변호사를 붙이면 그 비용이 견인비보다 더 나온다.

수리비야 대부분 보험으로 처리하기에 결국 대부분은 변호사를 사는 걸 포기한다.

그런데 변호사라니?

"그 차주 아들이 변호사야."

"네?"

이찬민은 눈을 찡그렸다.

이건 곤란하다. 이러면 자신들이 불리해진다.

"와서 지랄하고 갔다고. 그러니까 좀, 당분간은 닥치고 있자."

"네, 알겠습니다. 일단 가서 그쪽 청구를 변경해야겠네요."

"제발 그래라, 응? 지금 여기 장난 아니게 살벌해."

"네, 서두르겠습니다."

이찬민은 고개를 끄덕거리고 다급하게 경찰서를 떠나려고 했다.

그런데 그때, 뒤쪽을 향해 있던 박 형사의 얼굴이 사색이 되었다.

"왜 그러십니까?"

"아니, 씨발. 저 인간이 왜 와? 너 여기에 있어. 알았지? 알은척하지 말고."

"무슨 말이십니까?"

"아, 씨발. 좀 닥치고 하라면 하라는 대로 해."

그는 이찬민에게 단단하게 말하고는 다가오는 남자, 그러니까 노형진에게 향했다.

"노 변호사님, 여기에는 어쩐 일이십니까? 하하하, 아직 수사가 안 끝났는데요. 이제 소환하고 있는 상황이라……."

이찬민은 노형진이 이번 사건의 변호사라는 사실을 알아차렸다.

"아! 그게 말이지요. 다른 건으로 고소를 넣으려고요."

"다른 건이라니요?"

"사기입니다."

"사기?"

"그렇습니다. 사기요."

움찔하는 박 형사.

사기라니? 이건 또 무슨 소리란 말인가?

하지만 그는 이내 노형진의 치밀함에 치를 떨 수밖에 없었다.

"상대방은 표준 요금 규정이 있음에도 불구하고 터무니없는 금액을 요구했습니다. 당연히 사기죠."

"하지만 아직 돈도 안 주셨는데요."

사기는 미수를 처벌하지 않는다.

즉, 사기로 처벌을 하기 위해서는 무조건 피해가 발생해야 한다.

'그래서 대부분 이런 경우에 사기에는 해당되지 않지.'

터무니없는 요금이 나오면 대부분 돈을 주지 않으려고 노력하니까.

'하지만 돈을 주면 그때부터는 사기가 성립된다.'

공갈이 안 걸린다? 그러면 사기로 엮으면 되는 것이다.

'안 봐도 뻔하지. 산정이 잘못되었다, 아니면 오해가 있었다는 식으로 벗어나려고 할 건 당연한 일이고.'

그리고 경찰은 받아 처먹은 게 있으니 그쪽으로 몰아가려고 할 것이다.

실제로 업무상 종종 그런 일이 생기기도 하니까.

그 때문에 그게 인정되는 경우 상대방에 대한 처벌은 사실상 힘들어진다.

물론 차량에 대한 절취 문제는 좀 다르다.

차량을 훔쳐 간 것은 견인차 회사의 주인이 아니라 직원이니까.

"이미 돈은 들어갔습니다. 그러니 사기가 성립되지요."

그 순간, 이찬민은 큰 실수를 하고 말았다. 다급하게 핸드폰을 꺼내서 입금 내역을 확인한 것이다.

그리고 그 안에 들어 있는 돈을 보고 비명을 질렀다.

"이게 뭐야!"

그 실수를 발견한 노형진은 눈을 반달로 그렸다.

"아이고, 여기 당사자가 계셨나 보네."

노형진은 이찬민과 박 형사를 번갈아 바라보았다.

"제가 아까 오면서 보니까 박 형사님과 아주 친밀해 보이던데, 이 부분에 대해 같이 이야기해야 하지 않을까요?"

"아니…… 그게, 노 변호사님…….."

"물론 감사실에서요."

노형진은 웃고 있었지만 박 형사는 울고 싶었다.

⚖️

"공갈과 사기가 같이 되지는 않겠지요?"

"안 되겠지요. 하나의 죄에 하나의 벌이니까요. 하지만 벗어나지는 못할 겁니다."

노형진이 돈을 넣은 이유가 그거다.

공갈로 고소를 넣었지만, 그들이 실수로 청구된 거라고 해 버리면 성립하지 않을 가능성이 분명 존재한다.

하지만 돈을 넣고 사기로 엮어 버리면 그때부터는 상황이 달라진다.

그들이 사기가 아니라 합당한 금액임을 증명해야 하기 때문이다.

이쪽은 법에서 인정한 규정이 있지만 그들은 그게 없으니까.

"그러니 그들은 어느 쪽이든 처벌을 면할 수가 없습니다."

그동안 사람들을 속여서 돈을 뜯어내던 견인 회사들.

그들을 노형진은 그냥 두고 싶은 마음이 없었다.

"사람들은 그들이 막장 인생이라고 하지요. 하지만 막장 아래에 더 막장이 있다는 걸 그들도 이제 알게 될 겁니다, 후후후."

⚖

"이런 젠장!"

얼마나 주먹을 꽉 쥐었는지, 이찬민의 손은 부들부들 떨렸다.

졸지에 현장에서 조사받고 집으로 왔는데 그에게 날아온

것은 민사 소장이었다.

그리고 사기용으로 사용된 계좌는 벌써 압류되어서 사용 금지 상태가 되어 버렸다.

"이 새끼 뭐야? 진짜 뭐 하는 새끼야?"

이찬민은 자신의 숨통을 조이는 노형진의 행동에 치가 떨렸다.

그는 완벽하게 자신을 틀어막고 있었다.

사실 돈이라면 어떻게 틀어막아 보겠는데 가장 큰 문제는 증거로 차량이 압수되었다는 것이다.

"이런 개 같은……."

청구된 금액은 580만 원. 그리고 그게 사기 피해로 인정되었다.

당연히 그게 사기인지 아닌지 확인하기 위해서는 주행거리를 확인해야 한다.

그리고 그걸 조사하기 위해서는 전문 기관으로 가야 하며, 노형진이 경찰에 어찌나 지랄해 놨는지 경찰은 해당 견인 차량을 증거로 요청해서 증거물로 압수해 가 버렸다.

즉, 그 차량은 재판이 끝나고 증거물에서 풀릴 때까지 최소 몇 달간은 운영하지 못한다는 소리였다.

"염병할 새끼……!"

이찬민은 으드득 소리를 내며 이를 갈았다.

견인차 회사라고 해서 견인차를 수십 대씩 운영하는 게 아니다.

당연히 한 대가 빠지면 그 자리가 어마어마하게 크게 느껴질 수밖에 없다.

"일이 어쩌다 이렇게 된 거지?"

분명 아무런 문제가 없는, 평범한 일 처리였다.

대부분 자신이 이렇게 후려쳐도 별수 없이 돈을 주곤 했다.

그런데 지금, 자신이 가진 모든 것을 털리고 있었다.

"끄응, 방법이 없지. 일단 사기가 아니라 실수라고 주장하는 수밖에."

이찬민은 이를 박박 갈 수밖에 없었다.

일단 실수라고 주장해서 처벌을 면해야 했다.

"그, 그러면 저는 어떻게 되나요, 사장님?"

조노수가 이찬민을 보면서 물었다.

지금 공갈과 사기로 고소당한 것은 이찬민이다.

당연히 이찬민은 돈 좀 써서 실수라고 주장하면 어떻게 해서든 벗어날 수 있을지도 모른다.

하지만 조노수는 그게 안 된다.

현장에 있었고, 당사자인 노문성의 명백한 거절에도 불구하고 차량을 훔치다시피 견인해 간 것이 그였다.

노형진은 고소의 대상을 정확하게 구분했다.

공갈과 사기는 이찬민과 그 회사.

그리고 절도는 조노수.

그러니 절도에 대한 처벌은 조노수가 알아서 해야 한다.

"그걸 왜 나한테 물어?"

"네?"

"그걸 왜 나한테 묻냐고! 내가 훔쳤어? 내가 훔치라고 했어?"

"아니, 사장님! 사장님이 견인해 오라고 하셨잖아요!"

"얼씨구, 이 씨발 새끼를 보게? 그래, 내가 견인해 오라고 했지! 그런데 넌 훔쳐 왔다며?"

"아니, 그런 게 어디 있습니까?"

"이 새끼야! 내가 견인해 오라고 했지 언제 훔쳐 오라고 했냐고! 왜 사고는 자기가 치고 나한테 지랄이야!"

조노수는 입을 쩍 벌릴 수밖에 없었다.

⚖️

"지금쯤 두 사람은 신나게 싸우고 있겠지요."

노형진은 키득거리면서 말했다.

그들이 싸우기를 바라면서 따로 고소를 넣은 노형진이다.

그들은 나름대로 우애가 좋다고 할 사이였을지도 모르지만, 돈이 엮여도 과연 그게 유지될지는 미지수다.

"그들이 정신 차리기 전에 우리는 다른 쪽을 털어야 합니다."

"그게 이 수리소군요."

노형진은 고개를 끄덕거리고는 고개를 돌려서 해피자동차

수리소라고 쓰인 간판을 바라보았다.

"거의 대부분의 견인 회사들은 거래하는 수리소가 있습니다. 사실 당연하다면 당연한 거지요. 문제는 그런 수리소들의 질이 좋지 않다는 겁니다."

정상적인 경우라면, 사고가 나면 차량은 현장에서 가장 가까운 수리소로 가야 한다.

하지만 대부분의 차량 주인들은 사고 현장에서 가장 가까운 수리소가 어디인지 알지를 못한다.

그래서 견인차를 불렀다고 해도, 사실 그 수리소의 선택은 거의 견인차 운전수에게 맡겨지는 것이 현실이다.

"그래서 많은 수리소들이 그들과 결탁해서 돈을 빼돌리지요."

대부분의 교통사고에서 사고 당사자들은 피해 상황을 잘 알지 못한다.

일단 교통사고가 나면 입원하는 게 보통인 데다가, 일반인은 고장 났다고 하면 그저 고장 난 줄 알지 부품이 어떤 상태인지 그런 것까지 세세하게 알지는 못하기 때문이다.

"그건 그렇지요."

무태식은 고개를 끄덕거렸다.

그 또한 그런 놈들에게 당했으니까.

"아주 그냥 새로 다 바꾸라고 하지요."

공임비까지 바가지로 붙여 가면서 그들은 사기를 친다.

단순 접촉 사고로 라디에이터도 갈고 펜더도 갈고 타이밍

벨트도 갈고, 어떤 경우는 엔진까지 갈라고 한다.

"그런 놈들은 대부분 비슷한 놈들끼리 결탁하는 법이지
요. 당연히 그놈들이 하는 짓거리에 준법정신 따윈 없어요."

현행법상 차량을 수리하려고 하는 경우 수리 담당자는 차
량의 이상 부위를 차주에게 고지하고 그 대략적인 견적을 뽑
아서 줘야 한다.

만일 추가적으로 수리해야 하는 경우 당연히 그 부분에 대해
서도 추가 고지를 하고 비용에 대해 확실히 말해 주어야 한다.

그런데 대부분의 경우 그런 곳들은 차주에게 뜯어보기 전
에는 모른다는 말로 말장난을 하면서 확인을 못 하게 한다.

그리고 자기들 마음대로 다 뜯어서 고친 다음에 수백만 원
에서 수천만 원을 청구한다.

"그러니 그들을 족칠 생각입니다, 후후후."

그들의 행동은 뻔했고, 수십 년간 이어져 왔다.

당연히 그들이 어떻게 해결하는지 모를 리 없는 노형진이
었다.

"아마 그들도 자기들이 어떤 막장 상황에 들어가게 될지
모를 겁니다."

해피자동차수리소는 이찬민이 운영하는 견인 회사와 손잡

고 영업하는 곳이었다.

그래서 이찬민이 고소당했다는 사실을 들었을 때 사실 불안한 기분이 들기는 했다.

"설마 우리한테도 무슨 일 있는 건 아니겠지?"

"에이, 설마요. 우리가 뭘 어쨌다고."

"으음…… 우리가 뭘 어쨌다고라고 하기에는 켕기는 게 좀 많지 않아?"

사장인 하수선의 말에 직원들은 말은 못 하고 눈만 데굴데굴 굴렸다.

"그래도, 그 변호사가 아무리 대단하다고 해도 자기가 어쩌겠어요."

"하긴 그건 그렇지."

일반인은 차에 대해 잘 모른다.

그러니 자신들이 뭘 어떻게 했는지 모를 수밖에 없다.

더군다나 자기들은 이미 부품을 다 뜯어낸 상황이다.

즉, 그들이 가지고 가 봐야 다 고친 차밖에 못 가지고 간다는 소리다.

"그러니 걱정하지 말자고. 물론 이찬민이 좀 걱정되기는 하는데……."

그가 나불거리면 하수선 역시 머리가 좀 아프기는 하겠지만, 하수선은 그가 그렇게 쉽게 입을 나불거릴 거라고는 생각하지 않았다.

이것이 법이다

그가 나불거리면 스스로 처벌도 강해질 뿐만 아니라 그 돈을 토해 내야 하니까.

"우리는 우리 나름대로 열심히 일하면 되는 거야. 그렇지?"

"그럼요."

"그럼 오늘도 힘내서, 우오!"

"우오!"

나름 힘을 내겠다고 구호까지 내지르는 하수선과 직원들.

하지만 뒤에서 들려온 목소리는 그들의 힘을 모조리 빼 버렸다.

"우오 같은 소리 하고 자빠졌네요."

누군가의 목소리에 고개를 돌려 보니 한 남자가 짜증스러운 얼굴로 서 있었다.

그뿐만이 아니었다.

그 주변에는 살벌한 분위기의 사람들이 모여 있었다.

하수선과 정비소 사람들은 자신들이 걸릴 게 없다고 생각했다.

하지만 그건 그들의 자만일 뿐이었다.

"누구십니까?"

"무태식 변호사입니다. 이쪽은 경찰분들이시고요."

"경찰요?"

"네."

무태식은 피식 웃으며 말했다.

"우리가 왜 여기는 놔둘 거라고 생각하셨습니까?"

하수선과 직원들은 서로를 바라보았다.

갑자기 여기서 변호사와 경찰이 튀어나오는 이유가 뭐란 말인가?

"저희는 당당합니다."

"그래요? 그러면 저희가 장부를 확인해도 되겠지요?"

"당연하지요. 저희는 그저 고장 난 부분을 수리해 드린 것뿐입니다."

하수선은 속으로 떨리는 가슴을 부여잡았다.

'자기들이 어쩔 거야? 이미 교체한 부품인데.'

이전 부품 대신 교체되어 당장 멀쩡하게 작동하는 부품들이다.

그러니 이제 와서 전에 있던 부품들이 멀쩡했다는 걸 증명할 방법은 없다.

"그래요?"

무태식은 자신 있게 말하는 하수선을 보고는 비웃음이 피식피식 올라왔다.

'노형진 변호사가 얼마나 독종인지 모르는구만.'

이미 노형진은 그들의 행동 패턴을 다 알고 있었다.

노형진이 했던 말이 있다. 수익을 나누는 놈은 그 수익을 보충하기 위해 다른 수를 쓰기 마련이라는.

"저희가 확인해 본 결과…….."

경찰이 앞으로 나서서 그들을 보면서 눈을 찌푸렸다.

"부품을 바꿔치기하신 것 같더군요."

"아니, 그게 무슨 소리입니까? 부품을 바꿔치기하다니요! 그게 말이나 됩니까! 우리가 부품을 왜 바꿔치기합니까?"

"그래요? 그런데 왜 여기에서는 폐기된 것으로 나온 부품이 다른 수리소에서 발견된 거지요?"

"뭐요?"

하수선은 움찔했다.

그걸 본 무태식은 노형진이 한 말이 맞다고 확신했다.

'부품 바꿔치기.'

일반적으로 부품은 가격이 좀 나간다.

특히 정밀 부품의 경우는 더더욱 나간다.

그런데 고장 난 부분만 고치는 게 아니라 고장 나지 않은 부품까지 통째로 갈아 버린 경우, 그 멀쩡한 부품의 처리가 문제가 된다.

원래 규정대로라면 폐기 대상이다.

고장 난 부품들은 안전 문제 때문에 다른 차에서 쓸 수가 없으니까.

"그런데 그 폐기 처리가 된 부품들이 다른 곳에서 중고로 거래되는 경우가 많더군요."

"주, 중고요?"

하수선은 아차 싶었다.

자기네 공장만 생각했기에 자신들에게 와서 지랄하거나 조사할 거라고만 생각했다. 설마 중고를 뒤질 줄은 몰랐던 것이다.

"네. 참 신기하더군요. 여기에서 공식적으로 폐기된 차량의 부품이 다른 차량에서 사용된 흔적이 있더군요."

원래 부품을 가는 경우 그 등록 번호를 보험회사에 알려 주는 것이 규정이다.

보험회사 역시 재활용을 막기 위해 나름의 수단을 쓰는 것이다.

문제는 처음부터 나온 순정 부품의 경우는 그 각 부품에 고유 번호가 등록되어 있지 않은 데다가 설사 고유 번호를 보험회사에 등록하지 않아도 처벌 자체가 무척이나 약하다는 것이다.

실제로 부품이 떨어지는 경우에 폐차장 같은 곳에서 필요한 부품을 살 수도 있는데, 그런 물건들 역시 제대로 등록된 물건들이다.

그리고 현실적으로 그 많은 모든 부품을 등록해서 관리한다는 것은 보험회사 입장에서도 인원이 너무 많이 필요하다 보니 사실상 법은 있지만 적용은 되지 않는 부분도 있었다.

'하지만 그렇다고 해서 이쪽에서 추적이 불가능한 것은 아니지.'

이것이 갑이다

노형진은 그들이 부품 바꿔치기를 할 거라고 확신했다.

이찬민에게 돈을 주는 만큼, 다른 부분에서라도 돈을 더 벌어야 수익을 내기 때문이다.

"물론 보통은 추적하지 않지요. 하지만 추적하면 어떻게 될 것 같습니까?"

무태식의 말에 하수선의 얼굴이 창백해졌다.

설마 그런 것까지 알고 있을 줄은 몰랐으니까.

자동차 정비소에서는 그런 일이 비일비재하다.

하지만 딱히 보험회사에서 그걸 추적하지는 않는다.

그러기에는 매일같이 수리되는 차량의 양이 어마어마하고, 보험회사에서 추적 가능하게 코드를 붙였다지만 결국 그건 사유재산이라 경찰을 통해 수사하는 게 기본 원칙이기 때문이다.

"뭐, 부품 번호를 추적하면 뭐든 안 나오겠습니까?"

무태식은 느물거리면서 말했고, 하수선은 땀을 뻘뻘 흘리기 시작했다.

"아, 물론 이 모든 조치는……."

무태식은 말을 하다가 멈췄다.

그리고 뒤에 있는 경찰들을 바라보았다.

"뭐 하세요?"

"네?"

"아니, 일 안 하세요?"

"아니…… 말씀하고 계시기에……."

경찰들은 무태식의 눈치를 봤다.

그럴 수밖에 없는 게, 얼마 전에 무태식과 노형진이 경찰서를 발칵 뒤집어 놨기 때문이다.

일반적으로는 감사한다고 해도 대충 자기들끼리 덮고 넘어간다.

그러나 노형진은 그걸 알고 있었다.

특히 경찰서 내부의 감사 팀은 서로서로 알고 지내기 때문에 거의 100% 그냥 넘어간다는 걸 알고 있었다.

그랬기에 노형진은 박 형사를 비롯한 관련자들을 고발한 후에 다시 그들에게 사람을 붙여서, 그들이 감사 팀과 개인적으로 밥을 먹는 장면을 찍었다.

그리고 바로 검찰과 경찰에 밀어 넣었고, 그 바람에 졸지에 감사 팀까지 날아갔다.

밥이야 친분이 있으면 한 끼 같이 먹을 수도 있다지만 감사가 진행 중인 시점이라는 게 문제였다.

더군다나 밥값 결제를 감사 팀이 아니라 감사 대상인 경찰이 한 것도 확인했다.

단순히 견인차 하나 때문에 일어난 사건에 경찰이 무더기로 날아가고 있었다.

그러니 지휘권도 없는 변호사지만 눈치를 슬슬 보고 있는 것이다.

"저는 변호사고, 제가 여기 가해자분들과 이야기하는 건 일종의 합의고요. 경찰분들은 영장 집행하셔야지요."

"영장 집행? 아, 네. 그래야지요. 영장 집행."

격하게 고개를 끄덕거린 경찰들은 무태식을 스치고 지나 갔다.

"저기, 형사님!"

"네?"

"아니, 일단은 영장을 보여 주셔야지요."

"영장. 아, 네…… 영장……."

경찰은 품에서 영장을 꺼내서 직원들에게 내밀었다.

하수선은 그걸 보고 얼굴이 사색이 되었다.

그사이에 다른 형사들은 컴퓨터와 서류를 모조리 끌어내 기 시작했다.

"아이고, 형사님들! 잠시만요!"

하수선은 다급하게 그들을 말리려고 했다.

그때 무태식의 목소리가 그의 귀에 날카롭게 꽂혀 들어왔다.

"영장 집행을 방해하면 공무집행방해로 체포됩니다."

그는 움찔할 수밖에 없었다.

"아, 물론 체포는 당연하겠지만요, 더 이상 혐의를 늘리시 지는 않는 게 좋을 겁니다."

무태식의 말에 천천히 고개를 돌리는 하수선.

"이미 계좌를 털었거든요. 그렇게 수리비를 벌어서 이찬민 씨랑 제법 많이 나누셨던데요?"

"그게 말이지요, 저희가 나눴다기보다는 그게……."

수리비가 들어오면 일정 금액을 나눠 먹는 검은 커넥션.

지금까지 그걸 누구도 조사하지 않았기 때문에 그 돈을 서로 계좌로 옮겼다.

당연히 그 돈은 조사가 진행되면서 튀어나왔고 말이다.

"여기 체포 영장입니다."

경찰 중 한 명이 하수선에게 다가와서 영장을 내밀었다.

"하수선 씨, 사기의 공범으로 체포합니다. 당신은 변호사를 선임할 권리가 있으며 진술은 법정에서 불리하게 적용될 수도 있습니다."

경찰이 그에게 미란다원칙을 고지하는 사이 다른 사람이 그에게 수갑을 채웠다.

하수선은 정신이 나가서 멍하니 무태식을 바라보았다.

"아, 그리고요."

그에게 수갑을 채워지는 모습을 보던 무태식은 당황해서 아무런 말도 하지 못하고 있는 다른 직원들을 바라보았다.

"변호사 입장에서 말씀드리자면, 이런 경우에 제보자들에게는 '감형'을 해 줍니다."

무태식의 말에 직원들이 슬슬 눈치를 보기 시작했다.

그리고 하수선의 시야에서 멀어지기 위해 슬금슬금 자리를 옮기기 시작했다.

그걸 보던 무태식은 하수선을 돌아보며 말했다.

"아까 뭐라고 하셨지요? 오늘도 힘내서, 우오?"

그리고 그의 어깨를 톡톡, 두들겨 줬다.

"네. 오늘도 힘내서, 우오!"

그러나 하수선은 대답하지 못하고 털썩 주저앉았다.

병 주고 약 주고?

"저는 진짜 억울합니다. 저는 훔치지 않았어요."

"그게 말이 안 된다니까."

새로 배당된 형사는 조노수에게 깐깐하게 대응했다.

이미 여럿 갈려 나갔으니 자신도 갈려 나갈 수 있다는 생각에서였다.

"아니, 저는 단순히 직원일 뿐이고……."

"그게 아니던데?"

경찰은 조노수를 보면서 혀를 끌끌 찼다.

"이찬민 말로는 직원도 아니고 단순 계약이라던데?"

"단순 계약이라니요!"

"외주라고, 외주."

"아닙니다! 아니에요! 저는 진짜 직원이에요!"

"아, 말장난하지 말고. 계약서도 없고 근무 기록도 없고 출퇴근 기록도 없고 퇴직금도 없는 놈의 회사가 어디 있어?"

조노수는 입술을 깨물었다.

그가 생각해도 그런 회사가 있을 리 없으니까.

"진짜인데……."

"진짜고 나발이고, 직원이면 직원이라고 증명할 걸 내놔야지."

조노수는 죽을 것 같았다.

그는 절도로 고소당했고, 현 상황에서는 절도죄가 성립될 수밖에 없었다.

"하지만 형사님, 이건 절도죄로 보기 힘듭니다. 일단 불법적인 영득 의사가 없고……."

다급하게 불려 온 국선변호인은 그래도 조노수를 보호하려고 노력했다.

하지만 노형진이 그가 그렇게 방어할 거라고 예상하지 못했을 리 없다.

"거기, 변호사님."

"네?"

"여기 고소장 보세요. 상대 쪽에서 제출한 건데, 이분이 훔쳐서 그걸 이찬민에게 넘기고는 돈을 받았잖아요?"

"그건…… 운송비 조로……."

"절도하는 순간 운송비가 아니라니까요. 이건 불법적으로 차량을 절취해서 제삼자에게 줌으로써 금전적 영득 의사를 확실하게 못 박은 사건입니다."

"그런 게 어디 있습니까?"

"그러면 다른 해석이 가능합니까? 한번 들어 봅시다."

조노수의 변호사는 입을 다물었다.

그가 생각해도 다른 해석의 여지가 많지 않으니까.

물론 우기면 할 수 있을지도 모른다.

하지만 그건 말 그대로 우기는 수준이다.

재판을 할 때 핵심은 과연 그 행동이 어떤 목적으로 이루어졌느냐다.

"그런데 당사자가 절취를 목적으로 한 게 아니지 않습니까?"

이를 불법영득의 의사라고 한다.

그걸 자신이 가질 생각이 없었다면 절도가 성립되지 않는다.

보통은 말이다.

"여기 소장 좀 제대로 보세요. 이미 그쪽에 대해서도 저쪽 변호사가 다 답해 놨잖아요."

경찰은 페이지를 넘기며 짜증을 부렸다.

"절취한 물건을 자신이 가지고 있는 것만이 아니라 그걸 누군가에게 판매 또는 양도함으로써 그 이익을 구하면 절도라니까요. 판례가 그래요. 세상에 도둑이 그걸 자기가 영원히 가지고 싶어서 도둑질합니까? 남한테 팔아먹으니까 도둑질이지요."

"하지만 그건 도둑질이고 이건 업무상……."

"그러니까 직원이라는 증명서를 내놓으라니까요."

조노수는 입술을 깨물 수밖에 없었다.

♎

"일반적으로 견인차 회사는 근로계약서를 안 씁니다."

"그래요?"

무태식은 의외라는 듯 고개를 갸웃했다.

대부분의 회사에서는 근로계약서를 쓴다.

그런데 왜 견인차 회사에서는 근로계약서를 안 쓴단 말인가?

"책임 문제 때문이지요."

"책임요?"

"견인차 운전수가 막장 중의 막장이라고 하지 않습니까?"

"그렇지요."

"견인차 회사들 역시 막장입니다. 견인차들이 법을 안 지키고 역주행하고 사고 유발하고 하는 게 어디 하루 이틀 문제입니까?"

수십 년간 계속 이어 온 일이며 그걸 고칠 생각은 전혀 없다.

"문제는 그러다가는 결국 사고가 난다는 거거든요."

이번에는 멀쩡했지만 다음에도 멀쩡하리라는 보장은 어디에도 없다.

시속 60킬로미터 제한 도로에서 시속 140을 밟아 대는 놈들이니 사고가 나지 않으면 그건 기적에 가깝다.

"그때마다 회사가 책임지면 회사는 파산합니다."

"아하! 그래서 직원으로 등록하지 않는 거군요."

"위험의 외주화죠."

미친 듯이 달려가서 견인해 오면 외주 차량으로 돈을 주고, 만일 해 오지 못하면 당연히 돈도 안 준다.

"직원이라면 출동하지 않는다고 하더라도 무조건 정해진 월급을 줘야 합니다. 그러면 견인하는 운전사들이 자기 목숨을 걸고 미친 듯이 달리겠습니까?"

그럴 리 없다. 어차피 꼭 견인해 오지 않아도 된다면 누구도 자기 목숨을 걸어 가면서까지 미친 듯이 달리지는 않는다.

"하지만 외주면 상황이 달라지지요."

외주로 취급하면, 만일 그들이 가지고 오지 못하는 경우에는 돈을 줄 리 없다.

단순 사고에도 몰려드는 견인차의 수는 다섯 대가 넘는다.

늦게 오는 견인차는 견인은커녕 기름만 날리는 거다.

"차라리 대기하고 있다가 차량 소유주가 한 곳을 고르면 다행이지요."

일단 가지고 가서 돈을 받아야 하기 때문에 견인차들은 무조건 견인을 걸고, 조사고 수사고 신경 쓰지 않고 끌고 갈 생각만 한다.

"말로는 교통을 원활하게 하기 위해서라고 하지만요."

하지만 정작 자신들이 도로를 막고 멱살을 잡고 싸운다.

거의 동시에 도착한 경우 서로 우선권이 있다고 우기면서 말이다.

"위험의 외주화 덕분에 견인차 운전자들은 막장 아닌 막장으로 몰리는 셈이지요."

아무리 막장으로 몰렸다지만 바르게 살아갈 기회조차도 없는 것은 전혀 다른 문제다.

"흠, 무슨 뜻인지 알겠습니다. 그러면 이번 문제는 견인차의 운전자보다는 회사의 문제군요."

"그렇습니다."

물론 견인차의 운전수들은 수천만 원짜리 견인차를 살 돈이 없다. 그래서 벌어지는 꼼수가 바로 대여다.

택시와 같은 거다.

원래는 직원으로 고용해야 하지만 외주를 주고 장비는 이쪽에서 대여해 주는 형태로 만들어 버리는 것이다.

"그렇게 되면, 문제가 생기면 운전자가 책임져야 하거든요."

견인차 회사는 책임지기는커녕 도리어 그 운전자에게서

손해배상을 받을 수 있다.

공식적으로 자신들이 빌려준 차량이니까.

"그러니 견인차 회사들이 불리한 것은 없지요."

지금만 해도 그렇다.

노형진이 절도로 고소를 넣었는데 그들은 자신들은 모른다고 딱 잡아떼고 있다.

그나마 노형진이 사기로 묶어 버려서 어느 정도 처벌은 이루어지겠지만……

"이번에야 사건이 작다지만 다른 사건이라면 상황이 많이 달라지지요."

만일 견인차가 역주행으로 달려가다가 사고라도 나면?

회사는 아무런 책임도 지지 않는다.

사람이 죽어도, 공식적으로는 견인차 회사는 책임이 없다.

빌려 간 건 그 견인차 운전수니까.

"그게 그들 방식이지요. 심지어 견인차는 보험도 안 든 차들이 많아요."

보험을 들어야 운전할 수 있는 게 차다.

하지만 차량이 사고가 잦으면 보험회사에서는 인수거절, 그러니까 가입을 거절할 수 있다.

문제는 견인차라는 존재가 워낙 사회적으로 이미지가 안 좋고 실제로 사고를 유발하는 존재라는 거다.

그래서 대부분의 보험사들은 보험의 접수를 거부한다.

설사 한다고 해도 어마어마하게 많은 보험료를 내야 한다.

"그러니 사고가 나면 죄다 운전자 책임이죠."

노형진은 느긋하게 말하며 웃었다.

"그러니까 견인 방식을 바꾸고 싶다면 견인 회사를 족치면 됩니다."

노형진은 자신 있게 말했다.

그리고 그 대상은 바로 견인차 운전수들부터 시작이었다.

⚖️

다급한 사람은 하늘에서 동아줄이 내려오면 그걸 잡으려고 발악하기 마련이다.

그리고 노형진은 그에게 있어서 동아줄 그 자체였다.

"저는 진짜 억울합니다. 저는 시키는 대로 했을 뿐이라고요!"

"그건 당신 주장이고요. 당신이 친 사고를 왜 회사에 떠넘기려는 겁니까?"

절도에 대한 합의를 하지 않으면 조노수는 감옥에 갈 수밖에 없는 상황이었다.

그는 이미 절도로 인해 전과 3범이 쌓여 있는 상황이었고 이번에 인정되면 가중처벌될 수밖에 없었다.

그 상황에서 조노수는 노형진에게 매달릴 수밖에 없었다.

견인차 운전수가 막장 인생이라지만 그는 진짜로 상황이

막장이었다.

"제발 한 번만 봐주세요! 저 이번에 들어가면 끝장입니다! 이제 애가 세 살입니다!"

결혼하고 아이를 낳고 마음을 잡고 살려고 했다.

그런데 절도로 엮이면서 감옥에 갈 상황이 되었고, 만일 정말 감옥에 가면 이혼은 필연이었다.

그렇게 된다면 양육권은 아내가 가지고 갈 수밖에 없다.

감옥에 가 있는 범죄자에게 양육권을 줄 판사는 없으니까.

"그러니까 왜 그걸 훔쳐 가신 겁니까?"

"훔친 게 아니라……."

"그러면 견인을 위탁했다는 계약서를 보여 주시든가요."

"일단 명함을 드렸습니다."

"명함은 계약서가 아니지요."

하다못해 명함에 간략하게나마 계약 사항이라도 넣어 놨으면 모를까, 다짜고짜 견인해 간다면서 명함 하나 던져 주는 것으로 계약이 성립된다면 누구나 강매할 것이다.

물건과 명함을 던져 주고 계약이라고 우길 테니까.

"도둑질을 하려면 제대로 하셔야지요. 길거리 한복판에서 특수 장비까지 동원해서 절도하셨으면 그 벌을 받으셔야지요."

"흑흑흑."

조노수는 눈물을 펑펑 흘렸다.

하지만 아무리 운다고 해도 현재 상황을 벗어날 방법은 없어 보였다.

변호사를 선임할 돈도 없고, 그렇다고 회사에서 그를 보호해 줄 의사도 없다.

"제발 부탁드립니다……. 저도 어쩔 수가 없었습니다. 빨리 가지 않으면 회사에서 난리를 치기 때문에……."

"그걸 어떻게 압니까?"

"전화가 옵니다. 진짜 미친 듯이 전화가 와요!"

"전화요?"

"네."

사실 견인차에 있는 사람들이 어디서 어떻게 사고가 났는지는 알 수가 없다.

즉, 누군가 사고를 제보하면 그곳으로 미친 듯이 달려가는 것이 보통이다.

"저도 그 사고가 난 걸 회사에서 들었습니다."

'슬슬 꼬리가 잡히기 시작하네.'

물론 노형진은 이걸 알고 있었다.

하지만 그가 먼저 이야기해서 포섭하게 되면 저쪽이 유리해진다.

유리하게 협상하기 위해서는 가능하면 유리한 위치는 자신들이 잡아야 한다.

"그래서요?"

"그래서라니요! 그게 제가 노동자라는 증거 아닙니까!"

이것이 법이다

"증명 가능하신가요?"

"그, 그게…… 통화 기록! 네, 통화 기록이 있습니다!"

그는 다급하게 말했다.

통화 기록으로 상황을 반전시킬 수 있지 않을까 하는 작은 기대 때문이었다.

하지만 다음 순간 말문이 턱 막혔다.

"그래서요? 녹음 내역도 아니고 통화 기록으로 어떻게 노동자라는 걸 증명하실 건데요?"

법적으로 계약서를 쓰지 않았다고 해도 만일 그 업무가 노동자로서 하는 것으로 인정된다면 그 책임은 회사가 지도록 되어 있다.

문제는 그게 노동자인지 아니면 외주 업체인지 확인하는 방법이 명령권이라는 거다.

'외주 업체는 기본적으로 명령을 받는 건 아니니까.'

업무 협약에 따라 자신들이 하지 못하는 업무를 주고 그에 따른 돈을 주는 것, 그게 바로 외주다.

그에 반해 노동자는 본사의 명령에 따라 행동한다.

이게 참으로 애매하다.

가령 디자인을 수정해야 하는 경우에 '이 디자인을 이런 식으로 수정해 주십시오.'라고 하면 외부 업체가 맞다.

그건 협조의 영역이다.

그런데 '이 디자인을 이렇게 수정해 와라.'라고 하면 그건 직원으로 봐야 한다.

업무에 관련된 명령이니까.

사실 비슷하지만 또 다르다.

기업들이 외주화를 하는 이유도 그거다.

그래야 더 많이 빼돌릴 수 있고 더 많이 착취할 수 있으니까.

원청 입장에서는 '해 주십시오.'나 '해 와라.'나, 사실 별 차이는 없다.

'당연하게도 이런 견인차도 마찬가지 사업이지.'

그렇게 외주를 주고 모른 척한다.

하지만 현실적으로 그들이 부하 직원인 것은 사실이다.

노형진은 그 부분을 쥐고 흔들 생각이었다.

"진짜예요. 저는 시키는 대로 한 죄밖에 없습니다, 흑흑흑."

"그러면 허락받아서 견인하면 되는 거지 절도를 왜 하냐고요. 설사 직원이라고 해도, 절도까지 저지른 건 어디까지나 당신 책임이지 회사 책임이 아닙니다."

조노수는 다급하게 손을 흔들었다.

"저도 사람입니다. 그러고 싶어서 그러겠습니까? 하지만 안 하면 제가 죽어요!"

"당신이 죽는다고요?"

"제가 출동해서 견인해 오지 못하면 벌금을 문단 말입니다!"

'나이스!'

견인차 업계에서 암암리에 이루어지는 벌금 제도.

사실 아무리 외주 형태로 이루어지는 근무 환경이라지만 견인차를 모는 사람들도 인간이다.

그들이라고 해서 역주행하고 신호 위반을 하고 중앙선을 넘어 가면서 달려가고 싶지는 않을 것이다.

그들도 자기 목숨은 소중하기 마련이니까.

'문제는 돈이지.'

그럼에도 불구하고 그들이 그렇게 미친 듯이 뛰는 이유.

그건 바로 벌금 때문이다.

사실 견인해서 받는 견인료 같은 경우는 공정하게 분배할 방법은 많다.

어차피 같은 지역에서 활동하니까 순번을 정해서 한다거나 가장 가까이 있는 곳에서 한다거나 하는 방식으로 말이다.

그럼에도 불구하고 이들이 미친 듯이 달리는 이유는 바로 벌금이 있기 때문이다.

"벌금요? 무슨 벌금요?"

노형진은 모른 척하면서 그에게 되물었다.

그러자 그게 기회라고 생각했는지, 조노수는 눈을 크게 뜨고는 다급하게 말하기 시작했다.

"사고가 접수되고 거기에 출동했는데 견인을 못 해 오면 회당 15만 원씩 벌금을 냅니다."

"회당 15만 원요?"

"네, 회당 15만 원요."

거리에 따라 다르지만, 견인하는 견인차의 운전수에게는 잘해 봐야 3만 원 정도가 떨어진다.

"그런데 그렇게 출동해서 한 번을 놓치면 이틀을 공치는 것 이상입니다."

벌금을 강제로 내야 하며, 그러지 않으면 월급에서 까 버린다고 한다.

"당연히 저희는 말도 안 된다고 했지만……."

"먹힐 리 없었겠지요."

'애초에 벌금제라는 것 자체가 불법이니까.'

공공기관도 아니고 개인 기업에서 벌금을 매긴다?

그건 불법이다.

물론 당사자들끼리 합의된 거라면 괜찮다.

하지만 딱 봐도 이건 합의된 게 아니다. 강요된 거지.

"벌금으로 낸 돈이 무려 400만 원이 넘습니다."

최선을 다해서 벌려고 열심히 뛰지만 매번 같은 위치에서 사고가 나는 것도 아니니, 결국 사고 현장 가까이에 있는 사람이 유리할 수밖에 없는 게 견인이다.

"그런데 못 가지고 오면 15만 원씩 무조건 깝니다."

그러니 미친 듯이 달리는 수밖에 없다.

돈을 버는 게 문제가 아니라 돈을 빼앗기지 않기 위해서.

"왜 그렇게 멍청한 짓을 합니까?"

이건 말 그대로 치킨 게임이다.

교통사고가 나서 차량 두 대가 퍼졌다면 보통 견인차는 세 대에서 다섯 대 사이가 몰려온다.

그러면 견인차 두 대는 돈을 벌지만 나머지는 돈을 버는 게 아니라 벌금을 내야 한다.

'그런데 이게 웃긴 거지.'

벌금이 15만 원이다.

견인에 성공한다고 해도 견인비로 15만 원이 나오는 경우는 많지 않다.

물론 공식적으로는 말이다.

그런데 견인을 못 하면 운전자는 15만 원을 내야 한다.

결과적으로 견인을 하든 안 하든 회사는 돈을 번다는 소리다.

"그렇단 말이지요."

노형진은 그 말을 듣고는 눈을 지그시 감고 대꾸하지 않았다.

상대방이 매달리게 해야 하기 때문이다.

아나나 다를까, 조노수는 그 모습을 보고 다급하게 노형진에게 매달렸다.

자신이 살 수 있는 방법은 그것뿐이니까.

"저는 진짜로 시키는 대로 한 겁니다. 그게 허락을 받거나 못 받거나 한 건 제가 어떻게 할 수 있는 부분이 아닙니다. 만일 허락받지 못했다고 그냥 가 버리면 벌금이 15만 원입니다. 그러면 저는 못 살아요."

그러니 그가 할 수 있는 것은 어쩔 수 없이 무조건 고리를 걸고 차를 끌고 가는 것뿐이었다.

　　"물론 제가 잘못한 건 압니다. 하지만 그렇게 하지 않으면 버틸 수가 없어요."

　　이제는 빌다시피 말하는 조노수.

　　노형진은 그를 보면서 머릿속을 정리했다.

　　'이쯤에서 슬쩍 도와줘야겠군.'

　　견인 시스템을 고치기 위해서는 조노수 같은 운전자를 족쳐서는 안 된다.

　　어느 시스템이든 그 가장 위쪽을 족쳐야 시스템이 바뀌는 법이다.

　　"그 말이 맞는다면 대놓고 직원이라는 소린데요?"

　　"그러니까요! 저는 그저 직원일 뿐입니다. 시키는 대로 안 하면 욕을 얼마나 먹는지 아십니까?"

　　조노수는 절박했다.

　　여기서 직원이라고 인정받으면 그래도 처벌이 약해진다.

　　시키는 대로 한 거니까.

　　하지만 직원이 아니라고 하면 인생 끝장이니 절박할 수밖에.

　　"그러면 그 직원인 걸 인정받으셔야지요. 저희한테 이러실 게 아니라."

　　"어떻게 인정받으라는 겁니까? 저희가 무슨 수로요?"

　　"당연히 재판을 하셔야지요."

"네?"

"그런 식으로 편법으로 직원을 인정하지 않는 기업이 어디 한두 곳인 줄 압니까? 그런 곳은 재판을 통해 직원 인정을 받을 수 있어요."

"그건……."

멍한 표정이 되는 조노수. 그건 그도 몰랐던 사실이니까.

하긴 그런 정보를 가지고 있을 정도의 삶의 지혜면 인생이 이렇게 막장으로 떨어지지는 않았을 것이다.

"당연히 재판을 신청하셔야지요."

그리고 형사사건에서 그 부분은 중요한 감형 사유가 되기 때문에 재판은 그때까지 미룰 수 있게 된다.

"더군다나 돈까지 주셨다면서요?"

기업에서 직원에게 벌금을 책정하고 그걸 강제로 빼앗는 행위는 당연히 불법이다.

다만 상대방이 절박하다는 걸 이용해서 강제로 빼앗는 것뿐이다.

"그 돈도 찾아와야지요."

노형진의 말에 조노수는 침을 꿀꺽 삼켰다.

그건 생각해 보지 못한 일이니까.

'그래, 이찬민 같은 놈들은 뻔하지.'

직원의 등골을 빼먹는 데 너무 익숙해진 나머지 그 직원이 아예 막장으로 나가 버리면 자신이 몰락한다는 걸 대부분 잊

어버린다.

조노수가 그의 아래에서 고생하는 이유. 그건 생계가 이찬민에게 달려 있기 때문이다.

"하지만 지금도 생계가 달려 있나요? 견인차 업체 운전사들이 막장인 거야 다 알지만, 이 상황이 더 막장 아닌가요?"

"그건……."

조노수의 눈이 격하게 떨렸다.

그러고 보니 이제 그가 이찬민 아래에서 일하는 건 불가능하다.

아니, 지금 중요한 것은 이찬민 아래에서 일하는 게 아니라 눈앞의 처벌을 면하는 것이다.

"하지만 제가 돈이……."

고개를 숙이는 조노수.

소송하기 위해서는 돈이 필요하다.

그렇지만 그는 지금 돈이 없다. 악착같이 이찬민에게 빨렸으니까.

"그러면……."

노형진은 눈을 반짝거렸다.

드디어 모든 떡밥이 던져졌다.

이제 낚싯줄을 올릴 시간이었다.

"저한테 의뢰를 맡기시지요."

"그게 무슨 말씀이십니까?"

"그 소송 말입니다, 새론에 맡기시지요. 후불로 해 드릴 테니까."

"네?"

조노수는 이해가 가지 않았다.

그를 고소한 사람이 노형진이다.

그런데 노형진 본인에게 사건을 맡기라니? 그게 가능하단 말인가?

"그게 가능한가요?"

"불가능한 건 아니거든요, 엄밀하게 말하면."

"어, 엄밀하게 말하면?"

"저는 제 아버지가 아니니까요. 이 사건에서 제 아버지를 도와드린 것은 사실이지만, 정식으로 변호사로서 수임계를 내거나 한 건 아니라는 말이지요."

그러니 법적으로 노형진이 조노수의 사건을 수임한다고 해서 문제가 될 것은 없다.

"그, 그렇지만······."

"그리고 저희 입장에서도, 이 사건에서 조노수 씨가 책임지는 것보다는 이찬민이 책임지는 게 훨씬 낫고요."

"어, 어째서요?"

"돈 없으시다면서요?"

격하게 고개를 끄덕거리는 조노수.

돈이 있었다면 이런 일은 벌써 그만뒀을 것이다.

"그러면 저희는 그 손해배상을 어디서 받아야 할까요?"

"아······."

만일 이 책임의 소재가 조노수에게 있다면 노형진과 노문성은 배상금을 받을 수 있는 방법이 요원하다.

물론 받으려고 한다면 받을 수는 있겠지만, 지금 상황에서 조노수가 줄 수 있는 돈은 뻔하다.

"하지만 이찬민은 재산이 좀 있지요."

자신의 기업인 견인차 회사가 있고 거기에는 고가의 특수 차량으로 분류되는 견인차들이 있다.

그걸 팔면 충분히 노문성에 대한 배상금을 강제로 가지고 올 수 있다.

"털어먹을 수 있는 건 이찬민 쪽이 더 많으니까."

노형진은 싱글거리면서 웃었다.

"어떻게 하시겠어요? 저희와 함께 이찬민을 터실 겁니까, 아니면 제게 영혼까지 털리실래요?"

조노수에게 선택지는 결국 하나뿐이었다.

⚖️

"노 변호사님, 진짜 기가 막히네요."

무태식은 혀를 내둘렀다.

단순히 이찬민과 조노수를 절도와 사기로 넣고 끝낼 줄 알았다.

그런데 그사이에 틀어진 관계를 이용해서 조노수가 이찬민을 고발하게 만들었고, 고발당한 이찬민은 길길이 날뛰기 시작했다.

"그리고 그렇게 됨으로써 이찬민은 수십, 아니 수백 건에 대한 절도 교사로 조사받게 되겠지요."

노형진은 애초에 자신의 건수만 끝낼 생각이 아니었다.

조노수는 노형진의 도움을 받아서 내부 고발 형식으로, 동의 없이 차량을 견인한 것을 경찰에 고발했다.

"그리고 내부 고발이 들어간 이상 경찰은 이찬민의 과거 기록을 모두 확인해서 견인되었던 사람들에게 고지하고 조사를 시작해야 합니다."

전이라면 적당히 덮었을 테지만 노형진이 경찰서 하나를 작살을 내 놨으니 그걸 대충 했다가는 또 무슨 꼴을 당할지 모른다고 생각한 경찰은, 영장을 받아서 이찬민의 컴퓨터를 압수해서 조사를 시작했다.

그 결과, 그 안에서 노형진의 아버지에게 한 것처럼 사기를 친 기록이 무더기로 쏟아져 나왔다.

"가장 싼 가격이 60만 원, 가장 비싼 게 980만 원. 이 새끼들은 뭐랍니까?"

견인차를 끌고 아예 전국 일주를 해도 그 정도 돈은 안 나올 텐데, 터무니없는 돈을 요구한 기록이 있는 이찬민.

"그리고 그게 사기가 될 수밖에 없지요."

노형진은 경찰을 통해 해당 차량의 주행 기록과 주행거리를 확인하도록 했다.

그 거리가 나오려면 진짜 견인차의 주행거리가 어마어마하게 길어져야 한다.

대상 차량을 끌고 서울~부산을 몇 번이나 왕복했을 테니까.

"하지만 그런 놈이 그럴 리 없거든요."

부산까지 갔다 오는 기름값은 절대 싼 게 아니다.

견인 차량은 기름을 많이 먹는다.

다른 차량을 끌고 가야 하니 엔진의 힘이 좋아야 하기 때문이다.

"당연히 그렇게 다녔다면 기름값이 상상 이상으로 나왔겠지요."

하지만 노형진은 그 차량의 주행거리와 그들이 법인 카드로 낸 기름값을 추적하게 했다.

"당연히 그 금액은 안 나올 테고요."

말 그대로 아니 땐 굴뚝에서 연기가 난 상황.

"이 상황에서 이찬민이 시킨 일이라는 게 입증되면 상황은 돌변하게 되지요."

이찬민은 조노수에게 모든 죄를 뒤집어씌우고 있다.

하지만 조노수는 모든 자료를 들고 경찰서로 갔다.

"이제 둘 중 하나는 죽는 치킨 게임이 되는 겁니다, 후후후."

그리고 살아남는 닭은 노형진이 고를 생각이었다.

"재판장님, 피고인 조노수는 절도로 고소되었지만 그는 실질적으로 직원으로서 사장인 이찬민의 명령에 의해 어쩔 수 없이 절도를 행한 것입니다."

노형진의 방어.

그 앞에 있던 검사는 이해가 안 간다는 듯 머리를 부여잡았다.

"저기, 피고인 측 변호인."

"네."

"이게 말이 됩니까?"

"뭐가 말입니까?"

"뭐가냐니요?"

검사뿐만 아니라 판사도 기가 막힌 표정이다.

하긴 한국에서 이런 사건은 처음일 테니까.

"피고인 측 변호인, 피해자 쪽 아들이잖아요?"

"그래서요?"

"그래서라니요?"

피해자의 아들이 가해자에게 의뢰를 받아서 변호를 한다는 게 현실적으로 말이 되는지, 그들 입장에서는 이해가 되지 않을 것이다.

"하지 말라는 법이 있나요?"

"네?"

"제가 알기로는 한국은 연좌죄가 인정되지 않습니다만. 당연히 고발한 건 저의 아버님이지 제가 아니고요."

"아니, 그건 아는데, 여기 고발 대리인을 봐요. 대리인 노형진이라고 되어 있지 않습니까?"

노형진은 고개를 끄덕거렸다.

그가 소장을 넣을 때 그렇게 해서 넣었으니까.

"대리인이라는 게 임의대리인이라는 건 아니지요."

"뭐요?"

"제가 변호사 선임계를 제출했나요?"

"그건…… 아니지요."

대리인이라는 것은 어떤 일을 대리하는 사람이다.

즉, 그 업무에 관해 어느 정도의 권한을 인정받은 사람이다.

"제가 제출한 대리 증명서는 서류 제출에 관한 겁니다만."

"그건…… 그렇군요."

아들이나 업무상 관련이 있는 자들의 경우, 고소할 때 그 대리인 위탁을 하면 서류 접수 등을 할 수는 있다.

하지만 그런 대리 증명서로는 법률적인 소송이나 증언은 할 수가 없다.

"부모 자식이라고 해도 재판을 하기 위해서는 변호사 선임계를 제출해야 하는 거 아닌가요?"

"그건 그런데……."

하지만 노형진은 변호사 선임계를 제출한 적이 없고 단순히 접수 대리만 했을 뿐이다.

하지만 조노수에 대해서는 변호사 선임계를 제출했다.

"현행법상 피해자의 아들이 가해자를 변호한다는 게 불가능하지는 않습니다."

그걸 금지하는 규정은 없으니까.

누가 상상이나 하겠는가?

아마도 그걸 상상한 사람은 아무도 없을 것이다.

"하지만 도의적으로……."

검사는 당황해서 물었다.

"도의적으로요? 그건 제가 아니라 피고인인 조노수 씨가 판단해야 할 부분 아닐까요? 피고인이 제가 고소인의 아들인 걸 모르는 것도 아니고."

"끄응."

만일 노형진이 믿음직스럽지 않다면 조노수는 사건을 맡기지 않았을 것이다.

아니면 잘랐어야 한다.

노형진에게 일을 맡겼다는 것은 그를 믿는다는 소리이며, 그게 노형진이 고소인인 노문성의 아들임을 알면서도 한 것이라면 전혀 문제 될 게 없다.

"그러면 계속 진행해도 될까요?"

노형진은 판사를 보면 물었고 판사는 고개를 끄덕거렸다.

"법적으로는 아무런 문제가 없으니 진행합시다. 하지만 판단은 냉철하게 하겠습니다."

말을 아꼈지만 노형진이 피고인의 방어를 소홀하게 하는지 보겠다는 소리다.

"걱정하지 마십시오, 판사님. 저희 새론의 모토는 의뢰인의 최대 이익이니까요."

노형진은 씩 웃고는 변론을 이어 갔다.

"현실적으로 피고인 조노수는 이찬민에게 고용된 상태였으며 그의 명령을 실행하는 노동자의 상황이었습니다. 이번 절도 사건에 있어서 피고인 조노수는 그 당시 회사의 대표였던 이찬민의 명령에 따라 견인하도록 요구받았고, 직장인으로서 그는 정상적인 업무라고 판단하여 그 차량의 견인을 시행했던 것입니다."

노형진의 말에 검사는 헛기침을 했다.

상황이 좀 웃기기는 하지만 노형진의 말대로 일단 시작된 재판이고 각자 자기 일에 최선을 다하면 된다.

그리고 검사의 책임은 조노수의 처벌.

"재판장님, 피고인은 지속적으로 이찬민의 직원이라 주장하고 있지만 이찬민의 주장에 따르면 조노수는 실제로 직원이 아니며 외주 형태로 근무하는 외부 인력일 뿐입니다. 조노수는 이찬민과 어떠한 형태의 고용계약도 맺은 적 없으며 그와 관련해서 정부에 신고되거나 사대보험에 가입된 기록도 없습니다. 즉, 피고인의 주장과 다르게 그는 전적으로 외부 인력으로, 이찬민에게 지휘명령을 받을 위치에 있지 않은 자입니다. 그럼에도 불구하고 그는 이번 사건을 저지른 후에 제삼자인 이찬민에게 그 책임을 미루는 것이 이번 사건의 핵심입니다."

검사는 어찌 되었건 이찬민이 아니라 조노수를 기소했다.

물론 이찬민 역시 다른 사건으로 고소하기는 했지만 그쪽은 그쪽이고 이쪽은 이쪽이었다.

더군다나 한 건보다는 두 건의 처벌이 인사고과에는 더 유리하다.

"물론 피고인 조노수가 이찬민 아래에서 근무했다는 기록은 찾을 수가 없습니다. 견인용 특수차량의 고용 관계는 암묵적으로 구두계약으로 이루어지는 게 업계의 현실이고 이는 위험의 외주화를 위한 이찬민 등을 비롯한 업계 운영자들의 계획 때문입니다. 현실적으로 피고인 조노수는 이찬민 등에 비해 상대적 약자이기 때문에 그들의 요구에 저항할 수는 없다고 보입니다."

노형진은 그렇게 말하면서 판사에게 증거를 확인시켰다.

결국 모든 건 증거로 말하기 마련이니까.

"현실적으로 피고인 조노수는 이찬민의 회사에서 견인 차량을 배정받아서 운영하면서 그 수익을 일부 받는 형태로 근무하였습니다. 그런 상황에서 피고인 조노수는 사장이었던 이찬민의 명령에 따라 차량에 대한 절도를 실행할 수밖에 없었습니다."

노형진의 말에 검사는 다른 의견으로 반박하고 나섰다.

"재판장님, 피고인 측은 차량을 배차받아서 운영했다고 주장했습니다. 그러나 기록에 따르면 차량은 배차된 것이 아니라 조노수가 업무와 관련해서 단기 임대를 한 형태로 되어 있습니다. 즉, 업무상 배차되어 노동자로서 근무한 게 아니라 원청회사인 이찬민에게서 빌렸다고 보는 게 정상적인 상황이라고 할 수 있습니다."

검사의 반격. 노형진은 그걸 보면서 혀를 끌끌 찼다.

'이거 재판 참 이상하네.'

분명 형사재판이다.

그런데 느낌은 자신은 조노수를 방어하고 검찰은 이찬민을 방어하는 민사적 느낌이 강했다.

하긴, 검사 입장에서는 조노수를 어떻게 해서든 처벌해야 하는 상황일 테니까.

그리고 이런 방어야 예상했던 일이니까.

"재판장님, 여기 차량 내부를 봐 주시기 바랍니다. 을제 4호입니다."

노형진은 미리 제출한 사진을 지적하면서 그들을 바라보

았다.

"이것은 피고인 조노수가 평소 운영하던 차량의 내부입니다. 작은 장식품들과 CD 등의 물품들이 보이십니까?"

"보입니다만."

"그중 이 고정형 장신구들을 봐 주시기 바랍니다. 이러한 장신구들은 차량에 고정시키면 다시는 뗄 수 없는 구조로 되어 있습니다. 즉, 고정되는 순간 떼는 방법은 파손이라는 방법밖에 없습니다."

"그래서요?"

"검찰 측은 이 차량이 단기 임대 차량이라고 주장하고 있습니다. 하지만 자신이 사용하는 차량이 아닌 차량을 자신의 돈을 들여서 이렇게 꾸미는 사람은 없습니다."

하루 종일 차에서 대기해야 하는 인생.

그들의 삶은 방보다 작은 그 운전석이 다라고 봐도 무방하다.

게임을 할 수도 없고 돌아다닐 수도 없다.

"그러한 운전자에게 있어서 그 공간을 꾸미는 일은 유일하게 허락된 작은 행복입니다."

노형진은 그렇게 말하면서 판사의 얼굴을 뚫어지게 바라보았다.

"하지만 그건 어디까지나 그 사람이 그 차량을 자신의 공간으로 인식할 때뿐입니다. 사람에게는 취향이라는 것이 있으니까요."

매일같이 차량이 바뀌는데 그걸 자신의 취향대로 꾸밀까?

그럴 리 없다. 자기 취향대로 한다고 해서 그게 유지될 리 없으니까.

"그 말은, 그가 그 차량의 유일한 운영자라는 걸 의미합니다. 또한 을제 2-1을 봐 주시기 바랍니다. 이는 해당 차량은 운행 기록부입니다. 이 기록에서 보다시피 피고인 조노수는 입사 이후에 매일같이 해당 차량을 운행했습니다. 즉, 이 차량은 직원인 조노수에게 배당된 차량이라는 소리입니다."

검사는 반박했다.

"외부 계약을 한 사람에게 익숙한 차량을 배당한 것은 일종의 혜택일 뿐이지 그를 근무자로 보고 해당 차량을 완전히 배속한 것은 아닙니다."

"그럴까요? 을제 2-1을 다시 한번 보고 해당 차량의 번호를 확인해 주시기 바랍니다. 그리고 을제 5를 봐 주시기 바랍니다. 을제 5는 피고인의 근무 기록표입니다. 이렇게 비교해 보면, 보다시피 해당 차량은 근무자인 조노수가 쉬는 날 완전히 운행이 정지되었습니다. 특히나 작년 4월 기록을 보시면 알겠지만 피고인 조노수는 그 당시 2주 정도 쉰 적이 있습니다. 그런데 그 차량 역시 그 기간 동안 운행이 정지되었습니다. 만일 검찰 측의 주장이 맞는다면 해당 차량은 다른 외부 근로자에게 배당하면 되는 일이었습니다."

운전면허를 가지고 있는 사람은 넘쳐 나고 그들 중에는 견인차를 운전할 수 있는 사람도 많다.

"차량은 정비만 잘하면 사람처럼 휴식기를 가질 필요가 없지요."

도리어 기계는 그렇게 하면 손해가 막심하다.

"수익을 내기 위해서는 당연히 그 2주라는 시기에 다른 근무자를 찾았어야 합니다. 견인 차량을 놀릴 수는 없으니까요."

한꺼번에 쉬는 것도 아니고 돌아가면서 쉬는데 그 시간 동안 누군가 사람을 구해서 계속 운행하는 것은 어렵지 않은 일이다.

"그런데 그 시기에 그걸 빌려 간 사람은 없지요. 즉, 그 차량은 피고인 조노수가 직원으로서 배정받아서 운영했다고 볼 수 있습니다."

노형진의 방어.

하지만 검사도 나름 준비하고 온 모양이었다.

"그건 현실적으로 단기 근무자를 찾기 힘들기 때문입니다. 재판장님, 세상 모든 사람들의 꿈은 안정적인 근무 환경입니다. 그런데 몇 개월짜리 출산휴가도 아니고 한두 주짜리 단기 근무를, 그것도 위험하다고 생각되는 견인차 운전을 할 사람이 얼마나 될까요? 저는 부정적으로 봅니다."

'오, 생각보다 유능해.'

노형진은 검사를 바라보았다.

멍청하게 당할 줄 알았는데 검사는 생각보다 유능했다.

'기분 참 묘하네.'

자신의 아버지 사건에 유능한 검사가 붙은 건 참으로 좋은
일인데 그걸 방어하는 게 자신이라니.

'뭐, 그래도 이기는 건 나란 말이지.'

노형진은 헛기침했다.

외부에 드러나는 사항은 분명 차를 빌리는 것으로 꾸몄다.

하지만 그 차량을 빌리는 계약이 문제였다.

"검찰 측, 그러면 그 차량을 렌트하는 조건으로 얼마나 받
았는지 아십니까?"

"해당 렌트의 조건은 당일 업무의 수익 중 일부를 받는 것
으로 되어 있습니다."

"그리고 그 돈을 피고인과 이찬민이 나누게 되어 있고요?"

"그렇습니다."

"그리고 그 돈은 월 정산이고요?"

"그렇습니다."

교묘한 말장난. 현실적으로 월급일 뿐이다.

"그러면 이 부분에 대해서는 어떻게 생각하십니까, 검찰
측? 을제 10호를 봐 주시기 바랍니다. 이는 피고인 조노수의
계좌 내역입니다."

"차량의 이용료를 배제한 나머지 금액을 봐 달라는 말씀인
가요?"

"그게 아닙니다. 정반대로, 피고인에게서 이찬민에게 갔

던 돈의 흐름을 봐 주시기 바랍니다."

"반대?"

"그렇습니다."

노형진이 조노수에게 들었던 일, 즉 사고 차량을 견인해 오지 못할 경우 붙었던 벌금.

"아까 전에 검찰 측에서 그 사용료는 일괄 공제 후 월말정산이라고 하였지요?"

"그랬지요."

"그러면 이건 뭘까요?"

"그건……."

벌금에 대해서는 전혀 듣지 못한 검사는 당황했다.

'당연히 모르겠지.'

이건 현행법상 불법이며 현실적으로 공갈에 해당된다.

그러니 그렇잖아도 죄를 많이 뒤집어쓰고 있는 이찬민이 그것에 대해 자백했을 리 없다.

"그건 벌금입니다."

"벌금?"

"그렇습니다."

노형진은 거기까지 말하고 심호흡을 했다.

'만일 내가 정산법을 묻지 않았다면 아마도 이 돈이 그 정산금이라고 주장했겠지.'

하지만 이미 정산법에 대해 물었으니 당연히 이 돈은 줄 이유가 없다.

그리고 이게 조노수가 근무자라는 가장 확실한 증거가 된다.

"이찬민의 기업에서 회사의 규정에 따르면, 차량 사고가 접수되면 해당 기업에서 핸드폰을 통해 가장 가까이에 있는 견인 차량으로 지령을 내린다고 합니다. 그러면 해당 견인 차량은 사고 지점으로 이동한다고 합니다."

노형진은 그 말을 하면서 검사를 바라보았다.

별로 신경 쓰지 않는 검사.

아마도 그 이후에 벌어지는 일은 잘 모르는 모양이었다.

"그런데 워낙 많은 견인 회사들이 난립하다 보니 경쟁이 심하고, 가끔은 견인에 실패하는 경우도 있습니다."

"그야 그렇겠지요."

독점이 아닌 이상에야 견인이 매번 성공할 수는 없으니까.

"그런 경우 회사에 벌금으로 15만 원씩 내도록 했다고 합니다."

"뭐라고요?"

검사는 눈을 찌푸렸다. 그건 범죄니까.

"아마도 검사님은 잘 모르셨던 모양입니다만, 그건 공갈입니다. 하지만 그건 개별적인 사건이니 더 이상 언급하지 않겠습니다. 중요한 점은 그 일이 회사의 내부 규칙에 따라 이루어졌다는 것입니다."

이것이 법이다

내부의 규칙에 따라 움직였다는 것. 그건 이번 사건에서 아주 핵심적인 문제였다.

"한 기업에 속해서 그 기업의 오너의 명령에 따라 일하고 그 기업의 규칙에 따라 생활을 했습니다. 정기적으로 근무에 따른 월급을 받았습니다. 이게 회사원이 아니라면 누구를 회사원이라고 할까요?"

내부의 규칙을 따른다는 것은 상당히 심각한 문제다.

내부의 규칙이니까, 외부의 사람이라면 그걸 따를 이유가 없기 때문이다.

"하지만 그는 외부인으로 하청을 받아 일하는 사람이니까 따를 수밖에 없었겠지요."

검사는 다급하게 말했지만 그건 일종의 변명에 지나지 않았다.

"그게 문제입니다. 만일 하청이라면 외부 업체라는 뜻이지요."

그러면 외부 업체에 내부 규정에 따라 돈을 청구할 수는 없다.

현실적으로 그러면 어딜 가나 원청이 하청에게서 돈을 뜯어낼 수 있게 될 테니까.

"만일 계약상의 문제가 있다면 원청인 이찬민과 하청인 조노수 사이에서 차량 임대 및 견인 보조 업무에 대한 계약을 해지하고 다른 사람과 계약을 하면 그만입니다. 하지만 이찬민은 그렇게 하지 않고 피고인 조노수에게 벌금을 부과하였습니다. 즉, 회사 내부의 규정에 따라 처벌을 가하였다는 것이니, 이것이 바로 피고인 조노수가 회사의 직원이라는 증거입니다."

노형진의 말에 검사는 당황한 듯 보였다.

그가 조사한 것에는 그런 게 없었으니까.

'그럴 거다.'

그는 노형진, 아니 노문성의 고발에 따라 절도와 사기에 대해서만 조사했으니 이찬민의 이런 행동에 대해 전혀 아는 바가 없을 수밖에.

"그렇다고 해도 조노수는 이찬민의 명령에 따라 절도를 행한 것이 사실입니다."

검사는 아무래도 작전을 바꾼 듯했다.

조노수뿐만 아니라 이찬민에게도 절도의 책임을 묻는 걸로 말이다.

'그렇게 되면 재판이 편해지기는 하지.'

물론 노형진이 조노수의 감형만을 노린 거라면 말이다.

하지만 노형진은 그럴 생각이 없었다.

'의뢰인을 위한 최대한의 이익.'

그건 조노수라고 해도 마찬가지다.

조노수가 무슨 원수도 아니고, 단순히 견인해 간 사람일 뿐이다.

그에게 의뢰를 받았으니 노형진은 그를 위해 최선을 다할 책임이 있다.

"아닙니다, 재판장님. 이번 사건에서 조노수는 무죄입니다."

"허?"

검사는 기가 막혔다.

"피고인 측 변호인, 장난합니까?"

"무슨 말씀이신지?"

"아니, 단도직입적으로 말하지요. 그 고소장, 피고인이 쓴 거 아닙니까?"

부모님이 고소하는데 자식은 변호사다.

그러면 당연히 그 고소장을 써 준 것은 자식일 것이다.

"맞습니다만?"

"자기가 고소장을 써 놓고 고소 대상을 무죄라고 하는 건 또 뭔 경우입니까? 여기는 신성한 법정입니다. 장난치는 곳이 아니라요!"

발끈하는 검사.

"그 판단은 제가 하는 게 아니지요."

"뭐라고요?"

"고소라는 것은 해당 사실의 법적인 책임 여부에 관해 판사에게 피해자 또는 변호인이 판결을 구하는 행위입니다. 그렇지요?"

"그렇습니다만."

"그리고 모든 사건에서는 다른 의견이 있을 수 있습니다. 변호사는 그 모든 의견을 구하고 판결을 구할 수 있지요."

"말장난입니까?"

"말장난 아닙니다. 변호사는 의뢰인을 위해 의견을 제시하는 사람이지 판단하는 사람이 아닙니다. 판단은 판사님이 하셔야지요."

노형진은 웃으며 말했다.

판사는 묘한 표정이 되었다. 그건 맞는 말이니까.

"물론 변호사의 특성상 의뢰인에게 유리한 의견을 내는 것은 당연합니다만, 그 소장을 쓸 당시에 저는 의뢰를 받지 않은 상황이었으니 법적으로 문제 될 것은 없습니다."

"아니, 이거 뭐…… 병 주고 약 주는 것도 아니고."

노형진은 피식 웃었다.

"병 주고 약 주는 거 맞습니다."

"허."

'정확하게는 백신이라고 할 수 있겠지.'

병을 주고 약을 주는 것은 사람을 놀리는 거다.

하지만 백신은 항체를 만드는 게 목적.

엄밀하게 말하면 백신 역시 아주 약한 병에 속한다고 볼 수 있다.

'그리고 이게 소문이 나면 견인 회사들은 아마 미치겠지.'

강제로 끌고 가면 절도로 처벌받게 될 테니까.

당연히 그 관련 소송은 새론에서 전담하게 될 테고 말이다.

잠깐이야 혼란스럽겠지만, 시간이 지나고 일이 적당하게 배치된다면 당연하게도 견인 회사들은 바르게 작동하기 시작할 것이다.

"특이한 변론이기는 하지만 인정하겠습니다."

판사는 고개를 끄덕거렸다. 노형진의 말이 맞으니까.

"그러면 피고인 조노수가 왜 무죄라고 주장하는 겁니까?"

"이 사건의 핵심은 전제 사실에 대한 착오로 인한 위법성 조각이 성립된다는 것입니다."

"전제 사실에 대한 착오?"

"그렇습니다."

형법 20조에는 정당행위라는 규정이 있다.

정당행위란 어떤 행위가 법령이나 업무로 인한 것이거나 사회 상규에 위배되지 않을 경우 처벌하지 않는다는 것이다.

가령 업무상 사람을 구하기 위해 기물을 파손했다면 행위 자체는 재물 손괴에 해당되나 정당행위 규정에 따라 처벌하지 않는 것이다.

그런데 여기서 파생되는 이론이 바로 전제 사실에 대한 착오로 인한 위법성 조각이다.

"피고인 조노수는 3년간 지속적으로 견인 업무를 해 오던 사람이었습니다. 대한민국에서 견인 업무는 일상적인 교통 사고 현장에서의 처리 과정이었습니다. 즉, 피고인 조노수는 그 행동이 위법하지 아니하며 합법적 영역이라고 판단할 충분한 여건이 되었다는 것입니다."

전제 사실의 착오란 불법행위임에도 불구하고 그게 지극히 합법적인 행동이라고 착각해서 한 행동을 뜻한다.

'이런 경우가 딱 그거지.'

엄밀하게 말하면 허가받지 않은 견인은 절도 또는 점유이탈물횡령에 속한다.

하지만 대한민국에서 수십 년간 관행적으로 이루어졌던 일이었고 지금까지 그 누구도 이 행동에 대해 법률적 잣대를 들이대거나 이 행동이 절도 행위라고 주장하지 않았다.

'지금까지는 말이지.'

그랬으니 이게 불법이라고 인식하지 못할 수도 있다.

이게 핵심이다.

그런 경우에 처벌하지 않는 것이 전제 사실의 착오에 의한 위법성 조각이다.

"피고인은 중졸의 학력을 가지고 고등학교도 검정고시로 패스하여 최종적으로 고졸의 학력을 가지고 있습니다. 또한 업무상 위치로 봐도 이러한 행동에 대해서 일반적으로 불법행위인지 아닌지 판단할 자리에 있지 않았습니다. 그는 업무를 진행하는 단순한 직장인이며, 그 업무는 실질적으로 범죄였으나 사회적으로 해당 업무가 범죄로 인식되지 않았던 점에 비추어 위법성이 조각된다고 주장하는 바입니다."

노형진은 마지막 변론을 마치고 씩 웃었다.

그 모습을 본 검사와 판사는 묘한 표정을 지을 수밖에 없었다.

⚖

"진짜로 무죄가 나왔네요?"

조노수는 노형진의 계획대로 무죄가 나왔다.

그리고 그의 업무가 단순 외주 업무가 아니라 이찬민의 직원으로 인정되어 그 책임은 이찬민이 지게 되었다.

"이거 이찬민이 당황하겠는데요?"

사기에 이어서 절도, 거기에다 지금까지 한 수많은 견인에 대한 돈을 토해 내야 하니 그는 인생이 파멸로 몰릴 수밖에 없었다.

"벌써 견인차들이 정속 주행한답니다, 허허. 내가 진짜 살다 살다 견인차들이 정속 주행하는 꼴은 또 처음 보네요. 해가 서쪽에서 뜨겠습니다, 진짜."

무태식은 혀를 내둘렀다.

소문이 얼마나 빨리 퍼졌는지 견인차 업체들은 절대 허락없이 끌고 오지 말고 무조건 정속 주행하라고 직원들에게 신신당부하고 있었다.

"물론 다 그런 건 아니지요?"

"네. 여전히 미친 짓 하는 놈들도 많아요."

모두가 법을 지킬 때 자기는 안 지키면 돈을 더 번다고 생각하는 놈들이 있다.

쉽게 말해서 안 걸리면 그만이라는 거다.

"물론 걸리면 패가망신이지만요."

실제로 이번 사건이 소문이 나면서 그런 업체들에 대한 고소를 하고자 하는 사람들이 제법 많이 왔다.

노형진과 새론에서 적극적으로 홍보한 것도 사실이고 말이다.

"그런데 이찬민도 전제 사실의 착오로 인한 위법성 조각을 주장하던데요."

"제 재판을 봤나 보군요."

"그랬을 겁니다."

졸지에 조노수의 절도까지 뒤집어쓰면서 이찬민은 다급하게 자신을 지키기 위해 있는 돈 없는 돈 다 긁어서 비싼 변호사를 선임했다.

만일 지게 되면 어차피 땡전 한 푼 남지 않게 될 테니까.

"그런다고 해서 그가 처벌을 면할 수는 없을 겁니다."

"네? 어째서요? 조노수는 처벌을 면했잖습니까?"

무태식은 고개를 갸웃했다.

똑같은 상황인데 왜 이찬민은 처벌을 피할 수 없단 말인가?

"아, 직원과 운영자는 다르니까요."

직원은 회사에서 시키는 대로 하면 된다.

그 책임은 회사에서 지니까.

하지만 회사의 사장은 좀 다르다.

"회사의 사장은 몰랐다는 말이 성립되지 않지요."

회사의 사장은 책임자다.

당연히 모든 위법성을 따져야 하는 자리다.

이를 법률적으로 주의의무라고 한다.

"일반 직원은 주의의무가 없지요. 하지만 경영인은 아닙니다."

실무를 하지 않는 대신에 그게 불법인지 합법인지 정도는 확인해야 한다.

"그리고 이찬민은 그걸 확인하지 않았지요."

노형진은 실실 웃었다.

그걸 본 무태식은 살짝 눈을 찡그렸다.

"혹시……?"

"사건이 끝나고 검사를 좀 만났습니다."

"허, 그러면 엿 먹일 준비를 다 해 두신 거네요?"

"네."

검사는 이찬민의 주의의무를 들고나올 테고 이찬민은 그걸 방어하지 못할 것이다.

"그리고 이찬민은 사람 목숨을 걸고 장난을 했으니 그 책임을 져야지요."

실제로 이찬민의 아래에서 몇 번의 사고가 났다.

그리고 매번 이찬민은 외주라는 식으로 견인차의 운전자에게 뒤집어씌우고 단 한 번도 제대로 처벌받지 않았다.

당연히 피해자들은 제대로 보상받지 못했고.

"견인차로 장난치더니 아주 제대로 털려 나가는군요."

"그래야지요."

노형진은 고개를 격하게 끄덕거렸다.

"남의 목숨 가지고 장난치는 놈들은 없어져야지요."

만일 그런 놈이 또 나타난다면 노형진은 언제라도 영혼까지 털어 줄 의사가 있었다.

힘없는 선의는 인생을 망친다

　사람들은 다른 사람을 선의로 대하라고 한다.

　하지만 법적으로 사람을, 그것도 위험한 사람을 선의로 대하면 필연적으로 손해를 보는 것이 바로 대한민국 법의 함정이다.

　"재판장님! 피고인은 그 당시에 피해자를 구하기 위해 심폐 소생술을 실시했습니다. 그 과정에서 피해자가 사망하였다고 해도, 이미 피해자는 사망한 이상 사망 상태에서의 구조 행위였으며 그로 인한 사망이 아니므로 그 책임이 없다고 할 것입니다."

　노형진은 변론했지만 상대방 검사는 그런 노형진의 의견에 반박했다.

"의사도 없는 상황에서, 의학적으로 피해자가 사망한 것은 확정되지 않은 상황이었습니다. 그리고 만약 사망했다면 모든 구조 활동을 멈춰야 하는 거 아니겠습니까?"

"재판장님! 구조 활동이라는 것은 상대방의 사망이 확정되지 않았기에 하는 겁니다. 만일 사망이 확정된 상황이라면 구조 활동이 될 수가 없습니다. 피고인은 그 과정에서 피해자를 구제하기 위해 심폐 소생술을 한 것에 지나지 않습니다!"

"하지만 그 결과가 피해자의 사망으로 이어졌지요!"

"이미 심장이 멈춘 상황 아닙니까!"

"하지만 다시 소생했다고 하더라도 그 과정에서 피고인 오진철의 과도한 행위로 인해 사망한 것이 확실합니다, 재판장님."

노형진은 검사를 보면서 이를 박박 갈았다.

'개 같은 새끼.'

이건 단순히 누군가 살고 누군가 죽고의 문제가 아니었다.

누군가를 살리기 위해 노력했는데 그게 실패했을 뿐이다.

"재판장님, 피해자의 심장은 이미 멈춰 있었습니다! 즉, 의학적으로는 사망 상태였다는 겁니다!"

"그걸 입증할 수 있는 사람이 없지 않습니까?"

"주변의 사람들이 증언해 주지 않았습니까?"

"그건 심장마비가 왔다는 것이지 피해자의 심장이 완전히 멈춰서 사망 단계로 들어갔다는 것은 아니지요. 즉, 죽지 않을 수도 있었던 상황인데 피고인 오진철의 과도한 상해로 인해 결국 사망에 이르게 된 것입니다."

사건의 전말은 이랬다.

길을 가던 오진철은 한 남자가 심장을 부여잡으면서 쓰러지는 것을 발견했다.

경기를 일으키던 남자는 곧 축 늘어졌고, 오진철은 그의 심장에 귀를 대고 그의 심장이 멈췄다는 걸 알았다.

심장마비가 온 것이다.

심장마비가 온 경우 가장 좋은 방법은 주변에 있는 심실세동기를 이용하는 것이다.

하지만 길 한복판에 비상용 심실세동기가 있는 것도 아닌데다 구급차가 오는 데 걸리는 시간만 5분이고 병원까지 가려면 못해도 15분은 걸리는 상황.

그래서 피고인인 오진철은 자신이 아는 한도 내에서 심장마사지를 실시했다.

일반적으로 심장마사지는 수료증이 있는 사람들이 해야 한다.

하지만 그 수료증이 있는 사람이 주변에 있을 확률은 그다지 높지 않았다.

실제로 오진철은 그를 구하기 위해 주변에서 심장마사지를 할 줄 아는 사람을 찾았지만 한 명도 없었다.

심지어 주변에 동네 의원도 없는 상황에서 그가 할 수 있는 거라고는 그나마 예비군 훈련에서 배운 대로 심장마사지를 하는 것뿐이었다.

"피고인 오진철 씨는 사람을 구할 목적으로 심장마사지를 한 것이지 다른 목적이 있었던 것도 아닙니다."

문제는 그 심장마사지의 교육 방식이 어설프다는 것이다.

심장마사지와 인공호흡을 하는 법을 가르쳐 주고 몇 번 연습하게는 해 주지만 압력 같은 건 애매하다.

실제로 예비군 훈련에서 듣는 말은 갈비뼈가 부러질 정도로 심장마사지를 하라는 정도이다.

"당장 가진 수료증은 없지만 그는 예비군 훈련에서 배운 지식을 이용해서 최대한 심장마사지를 했는데, 그 과정에서 이번 사건의 핵심 상해인 가슴 골절이 발생한 것입니다."

문제는, 심장은 살렸는데 부러진 갈비뼈가 혈관을 건드렸다는 것이다.

결국 당장 그를 살리는 데에는 성공했지만 구급차가 와서 피해자를 데리고 갔을 때 뼈가 심장에 있는 혈관을 건드리는 바람에 과다 출혈로 사망하는 사태가 벌어지고 말았다.

"그러나 자신이 할 수 없으면 하지 말아야지요. 피고인은 전문가도 아니면서 섣불리 구조 활동을 함으로써 결과적으로 피해자를 사망에 이르게 한 것입니다."

"현실적으로 피고인이 아니었다면 피해자는 그 자리에서 사망했습니다."

"그건 가정일 뿐이지요. 주변에 전문가가 있었을 수도 있는 거 아닙니까?"

"찾았습니다만, 없었다고 합니다."

"그건 피고인 측의 주장이고요."

'돌겠네, 진짜.'

결과적으로 말해서 오진철이 피해자를 구하지 못한 것은 사실이다.

피해자는 결국 죽었으니까.

'망할, 우리나라 법은 진짜 개떡 같다니까.'

노형진은 한숨을 푹 쉬었다.

상황은 너무나 불리했고, 이 상황에서 그가 할 수 있는 건 없었다.

⚖

"오늘 재판은 철저하게 진 겁니다. 이 상대로는 처벌을 피할 수 없어요."

무태식 변호사는 심각한 얼굴이 되었다.

"도대체 뭔 놈의 나라의 법이……."

"그러니까요."

대한민국은 선한 사마리아인법에 대한 규정이 무척이나 박하다.

애초에 자기 스스로를 지키는 정당방위조차 인정하지 않

는 것이 대한민국의 법원이다.

당연히 남을 지키기 위해 행동하는 것에 대해서도 인정하지 않는다.

"어째서 한국에서는 선한 사마리아인법을 도입하지 않을까요?"

"턱도 없습니다."

고연미의 말에 노형진은 고개를 흔들었다.

회귀 전, 대한민국은 노형진이 죽을 때까지 선한 사마리아인법을 도입하지 않았다.

"끄응…… 이게 큰 문제군요."

선한 사마리안법이란 진짜 있는 법이 아니다.

성경에 나오는 일화를 바탕으로 만들어진 가상의 법이며, 그 핵심은 선행을 행하는 과정에서 일어나는 피해에 대해 그 선행을 행한 사람에게 책임을 묻지 않는다는 것과, 다른 한편으로는 구조의 대상이 있고 위험이 없는 상황이 확실함에도 불구하고 구조하지 않는 것에 대한 처벌이다.

"하지만 한국은 그걸 인정하지 않아요."

물론 아예 인정하지 않는 것은 아니다.

전자, 그러니까 선행을 하다가 입힌 피해에 대해서는 그 책임을 묻지 않으나, 다만 그 책임의 영역이 너무 작은 것이 문제였다.

"이번 사건 같은 경우는 상황이 너무 안 좋습니다."

대한민국에서는 응급 의료에 관한 법률 제5조의 2에서 다음과 같이 규정하고 있다.

'생명이 위급한 환자에게 다음 각 호의 어느 하나에 해당하는 응급 의료 또는 응급처치를 제공하여 발생한 재산상의 손해와 사상에 대해서는 고의 또는 중대한 과실이 없는 경우 그 행위자는 민사책임과 상해에 대한 형사책임을 지지 아니하며 사망에 대한 형사책임은 감면한다.'

"문제는 이게 사망 사건이라는 거지요."

오진철은 생명을 구하기 위해 최선을 다했지만 그로 인해 피해자가 죽은 것이 문제였다.

차라리 그냥 죽게 놔뒀으면 그가 처벌받거나 재판을 받을 이유도 없다.

그러나 그는 사람을 구하기 위해 최선을 다했고, 정작 현장에서는 살리는 데 성공했지만 결국 과다 출혈로 인한 피해자의 사망의 직접적인 원인이 되었다.

"즉, 그 사망에 대한 책임을 감면한다는 게 문제인데요."

책임을 지지 않는 것과 그 책임을 감면하는 건 전혀 다른 문제다.

일단 그가 사람을 죽인 것은 확실하기 때문에 검사는 그에게 징역 5년을 요구했다.

"아마도 징역 2년 정도에서 끝날 것 같기는 합니다만, 운이 좋다면 집행유예로 끝날 수도 있을 겁니다."

"하지만 그 가족이 과연 민사소송을 하지 않을까요?"

"그러니까요. 그게 문제입니다."

민사소송을 한다면 못해도 3천만 원 이상의 배상금이 나올 것이다.

현실적으로 오진철은 단순히 취업 준비생일 뿐이고 그 돈이 없다.

"웃긴 일이네요. 사람을 구할수록 손해 보는 구조라니."

"끄응."

고연미의 말에 노형진은 입맛을 다실 수밖에 없었다.

그 말이 사실이니까.

"중국이랑 한국이랑 다를 바가 없다니까요."

무태식 역시 피식하고 비웃음을 날렸다.

"중국에서 사람이 죽는 걸 구경한다고 비웃는데, 정작 한국에서는 그러지 않으면 감옥에 갈 판국이니."

중국에서는 사람이 길바닥에서 칼에 찔려도 강간당해도 납치당해도 신경 쓰지 않는다.

혹시나 엮여서 좋은 꼴 못 보게 될까 봐서다.

문제는 한국도 점점 그런 식으로 변하고 있다는 것이다.

구조해 주면 감사의 인사보다는 책임지기 싫어서 도망가고, 구해 준 사람은 죄를 뒤집어쓴다.

심지어는 심장마비를 치료해 준 구조대원을 성추행으로 신고하거나 길을 잃어버린 아이를 보호해 준 사람을 납치로 신고하는 경우도 많다.

어떻게 해서든 핑계를 잡아서 돈을 뜯어내려고 하는 인간들 때문에 결국 사회가 망가지고 있지만 법은 그 부분을 따라가지 못하고 있다.

"그 유가족이 신고할 거라고 누가 생각이나 했겠습니까?"

물에 빠진 사람을 구해 주니 보따리 내놓으라 한다는 말처럼 가족들은 아버지가 죽자 바로 그를 살인으로 신고해 버렸다.

결국 사람을 구한 사람이 처벌받는 상황이 된 것이다.

"언론 플레이를 한번 해 볼까요? 그래도 오진철 씨는 억울한 상황이잖아요."

"그건 힘들 겁니다. 이미 시류가 만들어졌기 때문에요."

"시류?"

"네. 이 사회는 남을 돕는 행동에 대해서 상당히 적대적입니다. 특히 모르는 사람을 위해 현장에서 나서는 짓을 아주 멍청하다고 판단하는 게 현재 대한민국의 분위기입니다."

실제로 인터넷에는 이런 식으로 도와줬다가 죄를 뒤집어쓴 사람들에 대한 이야기가 많이 올라온다.

하지만 대부분의 사람들은 분기탱천하기보다는 왜 멍청하게 남을 도와줬느냐고 말한다.

도와주고 책임지기보다는 도와주지 않고 욕먹고 만다는 생각이 사회 전반에 퍼져 있는 것이다.

"전에 그 지하철 사건 기억 안 나십니까? 지금 대한민국 분위기가 그 정도입니다."

"지하철? 아, 그 지하철 계단 사건요?"

지하철 계단을 올라가던 여자가 뒤로 넘어졌는데, 바로 뒤에 있던 남자가 잡아 주지 않고 피하는 바람에 골절로 입원했다.

주변에서는 그 남자에게 왜 안 잡아 줬냐고 뭐라고 했지만, 남자가 '만일 내가 잡아 줬다가 같이 넘어져서 내가 더 크게 다쳤으면 당신들이 책임져 줬을 겁니까?'라고 말하자 실제로 아무도 대꾸하지 못했다.

올라가는 계단이었고 만일 그 남자가 넘어가는 여자를 잡아 주다가 뒤로 넘어갔다면, 여자야 남자가 쿠션 역할을 해 줘서 크게 다치지 않았을 수도 있지만 남자는 최악의 경우 머리를 다쳐서 죽거나 식물인간이 될 수도 있는 상황이었으니까.

"결국 선의를 행한 사람이 점점 손해를 볼 수밖에 없는 현재의 구조가 문제인 거군요."

"그렇지요."

그리고 그게 터진 게 이번 사건이다.

"물론 상해의 부분에 대해서는 부정할 수가 없습니다."

심장마사지를 하면서 골절이 일어났고, 전문가들은 가슴뼈 골절이 일어날 정도로 강하게 하지 않으면 마사지 효과가 없다고 이야기하니까.

기본적으로 심장마사지는 강제로 심장을 눌러서 펌프 역할을 하도록 하면서 전신과 뇌에 피가 돌게 하는 행위이다.

그런데 심장은 갈비뼈에 의해 보호받고 있다.

그 말은 심장을 마사지하기 위해서는 뼈째 눌러서 압력을 주거나 손으로 압력을 가하는 방법밖에 없다는 것이다.

그리고 후자는 진짜 전문 훈련 요원들만이 가능하니 일반인이 할 수 있는 것은 전자뿐이다.

"당연히 갈비뼈가 부러질 수밖에 없지요."

사실 죽는 것보다는 갈비뼈가 부러지는 게 훨씬 낫지 않은가?

"문제는 그게 영 위치가 안 좋았다는 거지요."

의사들이 다급하게 봉합하려고 했지만 그사이에 흘린 피가 너무 많았다.

결국 피해자의 운명은 그날로 끝났다.

"그렇다고 놔둘 수도 없잖아요? 피해자가 그래도 가족들과 마지막 인사를 한 건 그 사람 덕분 아니에요?"

"그건 상관없습니다. 지금 가족들은 누구에게든 분노를 쏟아 내고 싶을 뿐이니까."

가족들에게 논리적으로 '이건 오진철의 잘못이 아닙니다.'라고 말해도 그들이 받아들일 가능성은 없다.

"설사 그런다고 해도, 검사가 사건을 표적 삼아서 조사하고 있습니다. 어떻게 해서든 그를 감옥에 넣고 실적으로 인정받고 싶겠지요."

살인 사건의 인사고과는 무척이나 크다.

당연히 그의 입장에서는 힘들게 조사해야 하는 다른 건보다는 오진철을 선택하는 게 더 편하다.

"그렇다고 선한 사람에게 죄를 뒤집어씌우다니."

"그건 당연한 겁니다. 검찰이 한 번이라도 제대로 일한 적이 있었나요?"

"그건 없지요."

부정할 수 없는 말에 무태식은 긴 한숨을 내쉬었다.

살인의 인사고과가 높으니 검사 입장에서는 참으로 편한 사건일 수밖에 없다.

"일단 우리는 최대한 집행유예로 가야 할 것 같습니다. 그리고 민사책임을 면하는 쪽으로 전략을 짜지요."

재판하다 보면 노력해도 처벌을 피할 수 없는 상황이 펼쳐지곤 한다.

지금이 딱 그렇다.

물론 남을 구조하다가 벌어진 상황이니 감경은 가능하겠지만 아예 무죄로 할 수는 없다.

"하지만 어떻게 하지요?"

"일단 병원을 뚫어야 합니다."

"병원?"

"그렇습니다. 병원을 이용해서 죄를 줄이는 데 집중하지요. 각자 바쁘시겠지만요."

노형진은 자리에서 일어났다.

"시간이 없습니다. 서두릅시다."

⚖️

노형진은 다음 재판 기일에 여러 증인을 불러왔다.

검사의 공격을 방어하기 위해서는 사람들의 증언이 필요했다.

"친애하는 재판장님, 이 기록은 심장마사지, 즉 심폐 소생술을 한 사람들의 가슴 골절 정도에 대한 기록입니다. 이 기록에 따르면 심폐 소생술을 한 사람들의 80%가 가슴 골절을 겪습니다. 기본적으로 심장을 압박하기 위해서는 사람의 가슴뼈가 그 강도 이상으로 눌리지 않으면 충격이 전달되지 않습니다."

노형진은 그렇게 말하며 미리 준비한 그림을 꺼냈다.

"이건 사람의 가슴의 해부도입니다. 보다시피 심장은 가슴뼈로 보호받고 있습니다. 가슴뼈는 신체의 가장 핵심 장기인 심장을 보호하기 위해 발달한 부분입니다. 그래서 가슴뼈의 강도는 다른 부위에 비해 절대 약하지 않습니다. 그걸 뚫고 심장에 충격을 전달하는 방법은 많지 않습니다. 실제로도 해외에서는 누르는 힘이 부족하다고 판단되면 아예 주먹을 양손으로 꽉 쥐고 내리치라고 합니다."

심폐 소생술은 절대 쉬운 작업이 아니다.

사람을 구하기 위해 단련을 업으로 삼은 구급대원들조차 5분이면 녹초가 될 정도로 힘든 일이다.

"심폐 소생술이 그냥 누르는 거라고 생각하시는 분들이 많은데, 심폐 소생술은 손바닥이라는 한정된 공간에 자신의 체중을 실어서 눌러야 합니다. 당연히 그 안에서 가해지는 압력은 무척이나 강합니다."

노형진은 가슴뼈가 부러질 수밖에 없다고 주장했다.

일단 그 가슴뼈 골절 부분을 방어해야 하기 때문이다.

"하지만 피고인 측 변호인, 방금 변호인 스스로 인정하지 않았나요? 20%는 골절이 벌어지지 않습니다만?"

"네. 하지만 그 20%에 해당하는 이들은 나이가 어린 사람들로, 피해자와는 경우가 다릅니다."

"어린 사람들?"

"그렇습니다."

노형진은 다른 차트를 꺼내서 검사와 판사에게 건넸다.

검사가 이런 식으로 나올 거라는 건 예상했다. 애초에 그래서 20%라는 미끼를 던진 것이다.

"재판장님, 젊은 사람일수록 뼈의 탄성과 강도가 강하다는 것은 기본 상식입니다. 당장 골다공증이라는 것 자체가 나이가 먹으면서 뼈의 핵심 물질이 빠져나가 그 강도가 약해지는 것을 뜻하니까요."

노형진은 거기까지 이야기하고 검사를 바라보았다.

그리고 그에게서 눈을 떼지 않고 똑바로 응시하며 또박또박 말했다.

"피해자의 나이는 65세. 현실적으로 골다공증이 진행되는 노년이며 젊은 시절의 강도를 가질 수는 없습니다. 그리고 이 뒤쪽 페이지를 봐 주시면, 50대의 심폐 소생술 시에 발생하는 가슴뼈 골절 확률은 100%입니다."

"하지만 기적적으로 골절이 일어나지 않을 가능성도 있지 않습니까?"

"기적요? 검사님, 우리는 보편적인 확률과 제반 사정을 기반으로 판단해야 합니다. '기적적으로'라는 가능성은 여기 법정에서는 별 의미가 없습니다. 아실 테지만 기적적으로 그의 가슴이 부러지지 않았다면 애초에 여기에서 재판을 하고 있지도 않을 테니까요."

노형진은 그렇게 말하면서 시선을 돌려서 판사에게 물었다.

"그렇지 않습니까, 판사님?"

"인정합니다. 검사, 법은 평균적인 상황을 가지고 판단해야 합니다. 기적적으로라는 불확실성은 재판에서 인정되지 않습니다."

"알겠습니다, 재판장님."

검사는 재판장의 말에 속으로 툴툴거렸다.

분명 틀린 말은 아니니까.

'성공이다.'

결과적으로 이번 사건의 핵심은 피고인의 고의 또는 과실로 인해 갈비뼈가 부러졌느냐가 관건이다.

만일 그런 게 있다면 피고인의 처벌은 강해질 수밖에 없다.

'하지만 판사의 논조가 바뀌었어.'

지난번에는 검사의 말에 동조하던 판사의 말이 살짝 검사에게 불리하게 바뀌었다.

그 말은 노형진이 꺼낸 자료가 먹히고 있다는 것이다.

"하지만 재판장님, 피고인은 관련 의료 자격증이 없는 자입니다. 심폐 소생술은 사람의 목숨이 걸려 있는 위중한 행동이므로 그에 걸맞은 능력을 가진 사람이 해야 합니다. 즉, 실질적으로 의료 행위입니다."

'저 인간은 심폐 소생술의 개념도 모르나?'

애초에 심폐 소생술은 의료 행위가 아니라 구난 행위에 들어간다.

하지만 어떻게 해서든 처벌하기 위해 무리하게 의료 행위라고 주장하기 시작한 것이다.

'물론 그런 얄팍한 궤변으로 이 상황을 바꿀 수 있다고 생

각하는 건 아니겠지?'

노형진은 피식 웃으면서 검사를 바라보았다.

이미 그에 대해 알아본 것이다.

당장 싸우고 있는 적에 대해 아무것도 알지 못한다면 그건 그것대로 문제이니까.

"검사님은 군에 다녀오셨습니까?"

"그건 이번 사건과 관련이 없는 제 개인적인 사항입니다만."

"관련이 있으니 답변해 주시기 바랍니다."

"아니요. 갔다 오지 않았습니다."

"그러면 군의 목적은 아십니까?"

"군의 목적을 모를 수도 있습니까?"

기분이 나쁜 듯 말하는 검사.

"군이란 비상시 국가를 지키는 존재가 아닙니까?"

"의외로 정확하게 아시는군요."

검사는 발끈했다.

"지금 그건 저를 모욕하는 겁니다, 피고인 측 변호인."

"미안합니다. 하지만 확실하게 해야 할 게 있어서요."

"뭘 확실하게 한다는 겁니까?"

"군 내부에서 심폐 소생술 자격을 가진 사람이 얼마나 될 것 같습니까?"

"뭐요?"

"군대라는 조직은 비상시에 대비합니다."

그게 전쟁일 수도 있고 천재지변일 수도 있다.

그들은 국가에 비상 상황이 터졌을 때 투입되어 피해를 재건하거나 인명을 구조하거나 한다.

"그런데 그 안에서 얼마나 많은 사람들이 심폐 소생술 자격증을 가지고 있다고 생각합니까? 그리고 자격증을 가진 사람들만 심폐 소생술을 할 수 있다면, 현실적으로 전쟁터 같은 곳에서 제대로 된 구조 작업이 진행될 거라 생각하시나요?"

"하지만 군에서는 그걸 교육하지 않습니까?"

검사는 당연하다는 듯 반문했다.

하지만 곧 그는 그 말에서 자신의 오류를 알고는 아차 했다.

"네, 교육하지요."

군에서는 심폐 소생술을 교육한다.

전쟁터에서 총알이 날아다니는데 고급 인력인 의사를 투입할 수는 없으니까.

일반적으로 전쟁이 터지면 의사들은 후방에서 이송되어 오는 환자들을 커버하는 것만으로도 죽을 것같이 힘들어한다.

"총알이 빗발치고 포격이 떨어지는 현장에 의사나 응급 구조사가 심폐 소생술을 하러 들어갈 수는 없습니다."

"하지만 그럴 때를 대비해서 의무병이 있는 거 아닙니까?"

이것이 법이다

'군대에 안 갔다 온 놈들이 꼭 저러더라.'

노형진은 혀를 끌끌 찼다.

군에 가지 않았으니 그 굴러가는 시스템을 모르는 것이다.

애초에 장교 중에도 아래가 어떻게 굴러가는지 모르는 놈들도 있다.

"의무병이라는 존재는 군인이 아닌가요?"

"그게 무슨 말인가요?"

"의무병은 뭐 하늘에서 뚝 떨어집니까? 영화를 너무 많이 보신 것 같은데, 영화에 나오는 의무병은 현실에는 거의 없습니다."

전쟁 영화에 나오는 의무병은 누군가 다쳐서 애타게 메딕을 외치면 달려와서 그를 치료해 주는 모습을 보여 준다.

사실 의무병이라는 병과 자체의 목적이 바로 그것이다.

"하지만 현실적으로, 모든 전투부대에 의무병이 들어갈 수는 없습니다."

정식으로 의무병이 되기 위해서는 논산훈련소에서 6주의 훈련을 마치고 다시 4주의 의무교육을 받아야 한다.

문제는, 그 숫자가 많지 않기 때문에 그들은 보통 대대급 이상의 의무실로 배치된다는 것이다.

"현실적으로 전투부대의 각 소대급에 의무병이 배치되지는 않습니다. 당연히 그들이 하는 일도 검사님 생각과는 좀 다르지요."

원래 의무병은 제네바협약에 의해 무장하지 않거나 최소한의 무장만 해야 하며, 그 무장마저도 자기 자신이나 환자의 안위를 위해서만 쓸 수 있다. 또한 교전 중에 다친 사람을 아군 적군 가리지 않고 치료해야 한다.

그래서 2차대전 중에 미군 의무병이 총알을 뚫고 독일군 병사를 안전 지역으로 끌어내서 치료한 적도 있고, 반대로 낙오된 미군이 독일군 지역에서 탈출하기 위해 무기를 버리고 의무병인 척한 적도 있었다.

"현실적으로 일선 부대에 배치되는 의무병은 정식 의무병은 아니지요. 엄밀하게 말하면 그냥 배치된 병사 중에서 적당한 사람에게 장비를 주고 '너 의무병 해라.'라고 하는 게 현실입니다."

그에게 딱히 뭔가를 기대하는 건 아니다.

그저 비상시에 동료를 후방으로 빼거나 지혈만이라도 하면 자기 일을 제대로 하는 셈이다.

"그리고 그 안에는 심폐 소생술 역시 포함됩니다."

심장이 멈춰 버린 아군을 살려야 하니까.

"그런데 거기서 자격증이 없으니까 구경만 해야 하나요?"

"아니, 그건 비상 상황 아닙니까?"

"그 말은, 민간인이 심장이 멈춰서 죽는 건 비상 상황이 아니라는 말인가요?"

검사는 입을 다물었다.

사람의 목숨이 걸렸는데 그걸 비상 상황이 아니라고 할 수는 없다.

"검사님께서는 계속 심폐 소생술 자격증이 없는 게 문제가 된다고 말씀하시는데, 심폐 소생술로 사람을 살린 대부분의 사람들은 그 자격증이 '없습니다'."

노형진은 그렇게 말하면서 검사에게 한 방 더 먹였다.

"왜냐하면 심폐 소생술 '자격증'이라는 것 자체가 없으니까요."

검사는 노형진의 말에 눈을 번쩍 떴다.

공격할 만한 걸 찾았다고 생각했기 때문이다.

"그럴 리가요! 그건 적십자사에서 운영하는 곳에서 정식으로 교육받은 후 지급받는 겁니다."

하지만 노형진이 그걸 몰라서 그렇게 말한 게 아니었다.

"물론 적십자사를 통해 교육을 수료한 후 받는 게 있기는 합니다. 하지만 그건 자격증이 아니라 수료증이지요. 설마 검사님이 자격증과 수료증의 차이를 모르시는 건 아니겠지요?"

검사는 아차 싶었다.

일반적으로 그냥 '자격증'이라고 불렀기 때문에 무심결에 자격증이라는 말을 계속 썼는데 그게 실수가 된 것이다.

"수료와 자격에 대해서는 잘 아시죠?"

"그건…… 그렇습니다."

"그러면 심폐 소생술 자격증입니까, 아니면 심폐 소생술 수료증입니까?"

자격증은 일정 이상의 교육을 받고 그걸 운영할 수 있도록 정부에서 허가를 내주는 것을 말한다.

운전면허증은 자격증이며, 기술에 관련된 자격증 역시 마찬가지다.

이와는 달리 수료증은 그 교육을 받았다는 증명일 뿐, 그게 없다고 해서 딱히 불이익을 받을 것은 없다.

그게 없다고 해서 해당 행위를 하지 말라는 것도 아니다.

"……수료증입니다."

검사는 이를 악물며 말했다.

이로서 오진철이 '자격' 없이 치료했다는 문제 역시 해결되었다.

그저 수료증일 뿐이고, 그게 없다고 해서 해당 행위를 하지 않아야 한다거나 혹은 한다고 해서 불이익을 준다는 규정은 없으니까.

'어디 단어 가지고 말장난을.'

그런 말장난이야 숱하게 당한 노형진에게 있어서 별거 없었다.

'그리고 상황이 바뀌었지.'

검찰이 고발할 때 과실이나 불법행위가 있음을 증명하는 것은 검찰의 책임이다.

그리고 지금 검찰에서 주장했던 과실에 대해 '과실이 없음'

이것이 법이다

을 증명했다.

"그럼 현재 오진철 씨가 불법행위나 과실을 범했다고 볼수는 없겠군요."

"그런 것 같군요."

"이상입니다."

노형진은 씩 웃으며 거기서 물러났다.

검사는 이를 박박 갈면서 노형진을 노려볼 뿐이었다.

⚖️

"와, 씨발! 사람 살리고 징역 6개월에 집행유예 2년? 이게 말이야, 방구야?"

노형진이 무태식이 가지고 온 자료를 가지고 제대로 방어한 덕분에 그래도 처벌은 최소한으로 줄었다.

징역 6개월에 집행유예 2년.

"그러게 말입니다."

살인으로 이런 처벌을 받았다는 것 자체가 취업 준비를 하는 의뢰인인 오진철에게는 무척이나 문제가 되는 일이었다.

하지만 판사는 더 이상 깎아 줄 생각을 하지 않았다.

"이 정도면 사실 무죄를 줘도 되지 않나요?"

고연미는 이해가 가지 않는다는 듯 말했다.

오진철은 사람을 살리기 위해 노력했다. 그리고 실제로 잠깐 살리기도 했다.

그런데 처벌이라니.

"뭐, 일종의 자기들끼리의 리그 같은 거지요."

"그들만의 리그요?"

"검사든 판사든, 결국 같은 사법연수원 출신입니다. 일종의 동문인 셈이지요. 그래서 정말 두말할 것 없이 무죄가 아니라면, 어지간하면 판사들도 처벌을 하는 편입니다. 웬만큼 무리한 기소라고 해도 말이지요."

"헐."

고연미는 눈을 찌푸렸다.

"저는 그런 걸 못 느꼈는데요."

"고연미 씨는 원래 연예인 아니었습니까? 이런 말 하면 미안하지만, 고연미 씨는 변호사나 동지라기보다는 여자로 보였을 겁니다. 그 대우가 특별했을 거라는 거지요, 좋은 쪽으로든 나쁜 쪽으로든."

고연미는 씁쓸한 얼굴이 되었다. 그게 사실이니까.

사법연수원에 있을 때는 좋은 대우를 받았다. 그래서 그런 느낌을 그다지 받아 본 일이 없었다.

그러나 사법연수원을 나온 후 그녀는 대형 로펌에 들어가서 집사 변호사로 성희롱의 대상이 되었다.

"일단 형사사건은 2심을 신청해야 할 겁니다. 이 부분은 무태식 변호사님이 담당해 주실 수 있나요?"

"어렵지는 않을 것 같네요."

상대방 검사는 말도 안 되는 처벌이라면서 항소했다.

어떻게 해서든 감옥에 넣겠다고 말이다.

그리고 재판부는 그걸 기각할 만함에도 불구하고 정식으로 접수했다.

'개 같은 놈들이라니까.'

검사들은 거의 대부분의 사건에서 항소하는 성향이 강하다.

일종의 괘씸죄가 적용되는 부분도 있거니와, 항소하지 않으면 인사고과에서 알게 모르게 불이익을 받기 때문이다.

그렇다 보니 이쪽에서는 어쩔 수 없이 맞항소할 수밖에 없다.

"자료도 충분하고 정황증거나 증언도 충분하니까 형량을 좀 더 깎을 수 있을지도 모르겠네요. 그러면 노 변호사님은 뭐 하시려고요?"

무태식 변호사는 고개를 갸웃했다.

"일단 1심에서 유죄가 나왔습니다. 그러면 상대방은 무조건 민사소송을 밀어 넣을 겁니다. 고연미 변호사와 함께 그 방어를 준비할 생각입니다."

"그건 확정적이지는 않은 일이잖습니까?"

노형진은 고개를 흔들었다.

"확정적이라고 봐도 무방합니다."

"어째서요?"

"이건 검사의 인지 수사가 아니니까요."

즉, 검사가 이 사건을 알고 조사할 가치가 있어서 조사한 게 아니라 피해자의 가족들이 오진철을 고발함으로써 시작된 사건이다.

"그들이 과연 오진철이 잘못이 없다는 걸 몰랐을까요?"

물론 억울할 수도 있다.

갑자기 가족이 죽었다는 것에 충격을 받았을 수도 있는 일이다.

"불행한 사고이기는 합니다. 하지만 그렇다고 해서 그가 잘못한 건 하나도 없지요."

오로지 단 하나, 운이 더럽게 없었다는 것뿐이다.

이미 다 죽은 사람을 살리겠다고 죽어라 노력했는데 뼈가 혈관을 찌른 것뿐이다.

그 과정에는 그 어떤 불법이나 과실도 없었다.

"유가족의 감정이 이 순간 어떤 건지는 알 수가 없습니다. 복수심일 수도 있고 이기심일 수도 있지요."

무태식의 눈이 찡그러졌다.

"그리고 아실 테지만, 전자와 후자는 많이 다릅니다."

전자라면 이해할 수 있다.

가족이 죽었고, 상대가 누구건 원망하고 싶을 것이다.

"그런 거라면 차분하게 협상해서 오해를 풀 수도 있겠지요."

"하지만 후자라면?"

"아마 후자라면 그쪽에서 소를 취하하거나 민사를 포기하는 일은 없을 겁니다."

노형진은 차분하게 말했다.

"그리고 전자냐 후자냐가 민사에서 상당히 중요한 부분이 되겠지요."

못 구해 줬지만 일단 보따리 내놔

노형진의 예상대로 피해자 쪽은 오진철을 고소했다.

그 배상금은 무려 3억 5천만 원.

"좀 과한데?"

"깎일 걸 감안한 거 아닐까요?"

"당연히 그걸 감안했겠지요. 그래도 과한 겁니다."

이미 피해자는 심장이 멈춘 후였다.

즉, 의학적으로 사망한 상황이라는 거다.

"그 상황에서 기적적으로 다시 살려 낸 겁니다. 형사적으로는 규정상 유죄가 성립될 수밖에 없지만, 민사적으로는 사실 도의적인 문제라는 거지요."

아니, 이건 도의적이라고 볼 수도 없다.

도의적이라는 것은 이쪽이 잘못을 했어야 한다.

"물론 어느 정도의 배상은 있을 수 있어요. 형사에서 유죄가 나온 이상 말이지요. 하지만 3억 5천? 아무리 감면을 예상하고 요구한 거라고 해도 너무 과하지요."

"물론 그쪽 요구이니 협상은 해 봐야겠지만요. 하지만 그들이 일단 피해자인 것은 사실이니 그 금액을 깎으려면 어떻게 해야 할까요?"

"일단 피해자와 유족들의 관계부터 확인해야 합니다."

"피해자와 유족들의 관계요?"

고연미는 고개를 갸웃했다.

손해배상 관련 소송을 할 때 일반적으로 상대방의 가족 관계는 감안의 대상이 아니다. 이쪽의 잘못이 감안의 대상이지.

"이해가 안 가는데요. 가족의 사이가 안 좋았다고 해도 손해배상에는 별 영향이 없습니다."

"알고 있습니다. 하지만 제가 생각하고 있는 게 있어서 그렇습니다. 일단 전면에 나서는 것은 고연미 변호사님으로 하지요."

"제가요?"

"네. 남자보다는 여자가 협상에 나서야 상대방이 더 방심하거든요."

더군다나 노형진은 유명한 변호사고 이미 형사에서 방어

하면서 그들에게 경계 대상이 되었다.

"특히나 고연미 변호사님은 연예인 출신이니까요."

"무슨 뜻인지 알겠네요."

연예인이라고 해서 실력이 떨어지는 것은 아니다.

사실 고연미 변호사는 실력이 좋은 편에 속한다.

"하지만 사람들은 그렇게 생각하지 않지요."

변호사나 검사나 판사가 되는 사람들은 평생을 노력한 것이다.

그렇다 보니 그 기간이 상대적으로 짧은 고연미는 실력이 부족하다고 생각한다.

물론 그게 얼핏 보면 그럴듯해 보인다.

다른 사람들이 국영수에 매달리고 수년간 사법시험에 도전해서 되는 변호사.

분명 거기에 도전하기 위해 고연미가 들인 시간은 짧다.

연습생으로 중고생 시절을 날렸고 대학 생활도 가수 활동과 병행했으니까.

"하지만 그 짧은 시간 내에 똑같은 결과를 만들어 냈다는 게 무슨 의미가 있는지를, 사람들은 몰라요."

더 짧은 시간에 같은 결과를 만들어 냈다는 것.

그건 그 사람의 천재성을 드러낸다.

"협상에 들어가면 아마도 그쪽은 고연미 변호사를 무시할 겁니다. 현실적으로 외부에 드러난 게 없으니까요."

고연미는 아이돌에서 변호사가 된 여자로 유명하지 변호사로서 유명한 게 아니다.

　　가끔 다른 재능이 너무 유명해서 압도적인 재능이 묻히는 사람이 있는데, 그게 바로 고연미다.

　　"그들과 만나면서 반응을 확인해 주세요. 그들의 소송 이유가 원한인지 아니면 돈인지."

　　"그러면 노 변호사님은요?"

　　"저는 저대로 확인할 게 있습니다."

　　그렇게 말하며 노형진은 생각에 잠겼다.

　　그의 생각대로라면, 어쩌면 상당 금액을 줄일 수 있을지도 몰랐다.

⚖️

　　노형진은 고연미가 전면에 나서도록 한 후 바로 피해자가 심장마비를 일으켰던 곳으로 향했다.

　　"이분 아십니까?"

　　"이 사람이 누군데?"

　　"난 몰라."

　　사람들은 노형진이 보여 주는 사진을 보고 대부분 고개를 흔들었다.

　　그럼에도 불구하고 노형진은 추적을 멈추지 않았다.

'모든 사건에는 이유가 있어.'

이곳에서 그에게 심장마비가 일어났고, 오진철이 구하다가 불상사가 벌어졌다.

거기까지는 부정할 수 없는 사실이다.

'하지만 그가 왜 거기에 있었는지 누구도 이야기하지 않았어.'

다른 변호사라면 그 사건 자체에만 신경을 썼을지도 모르지만 노형진은 그 사건이 아니라 다른 부분, 즉 피해자가 왜 그곳에 있었는지를 확인했다.

'집하고는 거리가 좀 있고…….'

산책 삼아서 나왔다고 하기에는 너무 멀리 떨어진 도로다.

더군다나 주소지를 보면 그가 사는 곳은 상당히 비싼 아파트였다.

'그런데 왜 그가 그런 허름한 동네에 나타난 건지 모를 일이지.'

그리고 노형진이 의심한 것은 피해자의 복장이었다.

이제 추운 시기는 다 지났는데 그의 복장은 두꺼웠다. 봄에 입는 것치고는 상당히 더울 옷을 입고 있었던 것이다.

그리고 노형진은 피해자가 심장마비를 일으킨 곳 주변에 대해 잘 알고 있다.

그 시간에 그가 움직여 온 방향을 되짚어 가 보면 작은 공원이 하나 나온다.

물론 그 공원에 산책하러 나왔다고 할 수도 있다.

하지만 현실적으로, 그 시간에 그 공원에서 산책하는 건 무리였다. 그날은 그 공원에서 노숙자들과 가난한 사람들을 위한 무료 급식소가 열렸기 때문이다.

'허름한 복장, 그리고 급식소 방향에서 오던 사람.'

노형진은 그에 대해 아는 사람이 있을까 하고 사람들을 일일이 만나며 다녔다.

그리고 마침내 피해자를 알아보는 사람을 찾았다.

"이거 장 씨네."

"아십니까?"

"이름은 모르고, 우리는 보통 장 씨라고 불러."

"장 씨요? 하지만 이분은 성 씨인데요?"

"그래? 자기를 장 씨라고 불러 달라던데."

"이분 맞아요?"

"우리가 장 씨랑 술을 마신 게 몇 번인데."

'역시 이상해.'

그는 성호준이라는 이름이 있는 사람이었다.

그런데 왜 자신을 장 씨라고 소개했을까?

"혹시 이분이랑 어디서 만나셨나요?"

"저기 저쪽에서 하는 무료 급식소에서 만났지."

'예상대로야.'

두꺼운 옷을 입었다는 것. 그건 사는 곳이 제대로 난방이 되지 않는다는 것을 의미한다.

낮에는 좀 덥지만 아직 밤에는 추우니까.

그리고 그 옷을 갈아입을 여건도 되지 않는다는 것을 의미하기도 한다.

"혹시 이분, 노숙하셨나요?"

"노숙? 노숙은 아니고, 어디 고시원에 산다고 했는데."

"고시원요?"

"그래. 어디라고 했지?"

"어, 그건 나도 몰러. 무슨 고시원이라고 말을 했던가……?"

웅성거리는 사람들.

자신들이 아는 장 씨에 대한 정보가 생각보다 별로 없다는 것에 그들은 살짝 당황했다.

"고시원에 사셨던 건 확실한 거죠?"

"그래, 그곳에 가 본 적은 없지만."

모두들 고개를 끄덕거렸다.

'이런 극빈민층의 대응은 비슷하지.'

고시원에서 산다는 것.

그건 그가 가난하다는 걸 의미한다.

하지만 그의 주소지는 상당히 비싼 동네다.

'그러면 다른 이유가 있다는 건데.'

노형진은 이유가 뭔지 알 것 같았다.

하지만 일단은 확인해 봐야 하는 노릇.

"그 고시원이 어딘지, 혹시 짐작 가는 데도 없으세요?"

"없제."

"한두 명도 아니고."

노숙자들이 그나마 돈을 벌어서 몸을 누일 수 있는 곳은 다름 아닌 고시원이다.

계절이 여름이라면 바깥에서 잔다고 해서 죽거나 하지는 않을 테지만, 지금처럼 애매한 시기에는 그것도 힘들다. 이제 많이 따뜻해졌다고 하지만 밤에는 상당히 싸늘하니까.

과거처럼 역에서 잘 수 있는 것도 아니고, 대부분의 공공시설은 그런 노숙자들을 막기 위해 일정 시간이 되면 폐쇄한다.

정말로 그가 고시원에 살았다면, 그 이유는 뻔했다.

⚖️

"맞네요, 성호준 씨."

족히 50년은 되어 보이는 건물.

과거의 건축 방식으로 지어진 데다 그마저도 외벽이 부분적으로 깨져 나간 허름한 건물.

그곳의 일부를 차지하고 있는 고시원은 말이 고시원이지 실제로는 작은 쪽방의 모임에 불과했다.

"한 달에 20만 원이라고요?"

"네. 보증금으로 10만 원을 따로 받습니다. 원래는 안 받았는데, 더럽게 쓰는 분들이 많아서 청소비라도 하려고요."

좁디좁은 고시원은 벌써부터 푹푹 쪄서 그런지 덩치가 있는 남자는 러닝에 반바지만 입고 노형진에게 말했다.

"405호 쓰셨어요. 얼마 전에 나갔지만."

"짐은요?"

"짐이라고 할 만한 것도 없고요."

"평소에 심장이 안 좋으셨나요?"

"뭐, 좋을 수는 없었겠지요, 여기가 이 꼴이니."

어깨를 으쓱하면서 주변을 둘러보는 남자.

"한 달 20만 원짜리 방세도 못 내는 사람들이 가득한데 제대로 끼니나 먹겠습니까? 사실 돈이 생겨도 대부분 그냥 소주 사 먹고 마는지라……."

"즉, 건강은 안 좋았다는 거지요?"

"네, 안 좋았어요."

남자는 부채를 파닥거리면서 말했다.

"여기서도 한 번 심장마비가 있었거든요."

"네? 그게 무슨 말이지요?"

"작년인가? 겨울에 심장마비가 와서 난리가 났어요."

그는 그러면서 벽 한구석을 가리켰다.

"아……."

노형진은 그걸 보고 자신도 모르게 탄성을 내질렀다.

자동 심장 충격기였다.

"저거 가격이 좀 나가지 않습니까?"

"가격이 좀 나가지요. 하지만 시체 치우는 것보다는 낫지 않습니까?"

이 고시원은 빈민들, 특히 돈이 없는 사람들이 몰려드는 곳이다.

그들의 건강은 보통 좋지 못했고, 먹는 것도 부실하고 당연히 치료는 꿈도 못 꾸다 보니 심장마비가 자주 왔다.

"건물주가 두어 번 시체 치우더니만 아예 이거 가져다 두더라고요."

하긴 노숙자들은 대부분 가족도, 연락하는 사람들도 없다.

설사 있다고 해도 그들에게 장례를 부탁하면 대부분은 거절한다.

"벌써 네 번이나 썼어요. 세 번은 살리고 한 명은 죽고."

어깨를 으쓱하는 남자. 보아하니 그가 직접 한 모양이었다.

"의외네요. 보통 이런 건 안 가져다 두는데요."

방 하나에 20만 원짜리라지만 200만 원대의 자동 심장 충격기는 절대 싼 가격이 아니다.

더군다나 자동 심장 충격기는 내장된 배터리를 사용하기 때문에 한 번 쓰고 나면 제조사에서 배터리를 갈아야 한다, 아니면 새로 사든가.

즉, 코드를 꽂아서 충전하는 물건이 아니라는 거다.

당연히 그 돈도 적잖이 들어간다.

"뭐, 건물주가 나이가 좀 있는 노인이에요. 젊어서 고생도 많이 하고, 사업을 하다가 망하기도 했다고 하더라고요."

그렇다 보니 이곳에 있는 대부분의 노숙자들을 잘 이해하고 또 불쌍하게 생각한다고 한다.

사랑해 주는 사람은커녕 아무도 그들의 죽음조차 신경 써 주지 않는 이들이니 그렇게 허망하게 가는 사람은 없어야 한다고 사다 뒀다고 한다.

"애초에 이 고시원도 노숙자들이 얼어 죽을까 봐 하는 일이고."

그는 그렇게 말하면서 자신의 다리를 툭툭 두들겼다.

그런데 다리에서 나는 소리가 '통통' 하는, 속이 빈 소리였다.

"의족입니다."

"의족요?"

"집주인 노인네가, 여기 와서 입구나 지키라고 하더군요. 어차피 관리하는 건 입주한 노숙자들 시키면 알아서 다 한다고, 인원 통제만 하라고."

건물은 허름해도 주인은 정말 나쁜 사람은 아닌 모양이었다.

"어찌 되었건 작년에 이거 써서 산 사람 중에 성호준 씨가 있는 건 맞아요."

"그러면 그때 가족에게 연락은 했나요?"

"했지요."

"뭐라고 하던가요?"

"모르지요. 뭐, 안 봐도 뻔하지만."

가족이 있는데도 불구하고 노숙을 하고 이런 곳에서 산다?

그건 말도 안 된다.

"알겠습니다. 무슨 상황인지 알겠네요."

노형진은 고개를 끄덕거렸다.

이제 방어의 방향이 정해졌다.

노형진의 사무실.

마주 앉은 두 사람은 자신들이 조사한 내용을 정리해서 다음 재판을 준비하고 있었다.

"뭐라고 하던가요?"

"자기 아버지를 죽인 인간을 절대로 용서할 수 없다고 하더군요."

"자기 아버지를 죽인 인간이라······."

노형진은 피식 웃었다.

"하지만 그 말을 믿으시는 건 아닐 테고요."

노형진의 말에 고연미는 고개를 끄덕거렸다.

이번에 나간 것은 진짜 협상하려는 목적보다는 상대방의 반응을 보기 위해서였다.

"제가 봐서는 복수가 목적은 아닌 것 같아요. 돈이 목적이라고 생각돼요."

"이유가 뭐지요?"

"일단 공격성이 거의 없었어요."

복수가 목적이라면 이쪽에 공격성을 보이기 마련이다.

현실적으로 상대방에 대한 분노가 그 복수를 부르는 법이니까.

"하지만 겉으로는 무척이나 차분해 보이더군요."

"차분한 사람이 근본도 없이 복수를 부르짖는 경우는 없기는 하지요. 하지만 그것만으로는 이유가 부족할 텐데요?"

"변호사가 자주 나서더군요."

"흠……."

만일 분노로 움직이는 경우에는 공격적으로 뭐라고 해야 한다.

그런데 주로 말하는 것은 변호사였으며, 피해자의 가족들은 그다지 말을 하지 않았다고 한다.

"복수를 위해 고소한 것치고는 상당히 여유로웠어요. 더군다나 협상이 끝난 후에 노 변호사님의 말씀대로 붙인 사람의 보고를 봐서는 거의 확정적이라고 봐요."

협상이 있었던 시간은 오후 1시, 끝난 시간은 오후 3시.

"그 자리에 며느리가 왔었는데, 그 이후에 미용실을 갔어요. 정상적인 상황은 아닌 거지요."

배우자의 부모를 죽인 사람과 협상한 상황에서는 대부분 감정이 격앙되어서 그런 곳에 갈 생각도 못 한다.

그런데 그런 곳으로 갔다?

"예약제인가요?"

"아니요. 그건 아닌 것 같더군요."

즉, 즉흥적으로 갔다는 소리가 된다.

"노 변호사님은 좀 알아보셨어요?"

"일단 제가 알아낸 건 성호준 씨의 배경입니다. 거기서는 장 씨라고 불렸더군요."

"장 씨요?"

"네. 신분을 감췄습니다."

노형진은 자신이 알아낸 것을 그녀에게 이야기했다.

그 말을 듣고 있던 고연미는 눈을 찌푸렸다.

"그런데 왜 장 씨라고 속인 거지요?"

"가끔 부모님들이 이러는 경우가 있습니다."

"네?"

"아마 우리 새론에 들어오면서 공부한 집단소송 중에서 보호에 관련된 사건을 기억하실 겁니다."

이것이법이다

"보호에 관련된 사건? 아하, 기억나요!"

부모를 해외나 다른 지역에 가져다 버리고 돌아오지 못하게 한 사건.

그 사건을 노형진과 새론이 파고들었고, 부모들을 버렸던 자식들을 모조리 방임 및 유기 치상과 유기 치사로 감옥에 넣어 버렸다.

"그때 몇만 명이 잡혀서 감옥이 부족할 정도라고 했지요?"

"그렇습니다. 그리고 그 이후에 새론과 대룡이 손잡고 실버타운을 만들었지요."

아예 시골에다가 실버타운을 만들고 버려진 노인들을 모았다.

그리고 그들을 대신해서 자식들에게 생활비 청구 소송을 했고, 결국 자식들은 매달 강제로 생활비를 내고 있는 상황이다.

당연히 대룡에도 제법 짭짤한 수익원이 되고 있었다.

"그때 가장 곤란했던 게 뭔지 아십니까?"

"뭔데요?"

"자신의 신분을 감추는 노인분들이었습니다."

자식에게 피해가 갈까 봐. 자식이 혹시나 욕먹을까 봐.

차라리 죽으면 죽었지 입을 열지 않으려고 하는 노인들이 종종 있었다.

심지어 죽음이 얼마 남지 않았음에도 불구하고 말이다.

"자식에 대한 사랑은 때로는 이성을 훨씬 뛰어넘지요."

"아……."

자신을 송 씨가 아니라 장 씨라고 소개한 이유.

그건 가족들에게 피해가 갈까 봐서였다.

"알아보니 피해자의 어머니가 장씨더군요."

"잔인하네요."

그러니까 버려진 이후에도, 가족들에게 피해가 갈까 봐 자신의 신분마저도 감추고 살았다는 것이다.

"확실히 감면의 여지가 있기는 하네요."

이런 사건에서 배상의 정도는 사망자의 충격에 관련된 부분에 의해 결정된다.

설사 떨어져 살았다고 해도 그 충격이 크다면 그 배상액이 커진다.

"하지만 이 조사 자료가 사실이라면 사실상 충격은 없겠군요."

"아마도요."

현 상황에서 가장 가능성이 높은 가설은 그들이 성호준을 버렸다는 것이다.

그리고 성호준은 그걸 받아들인 거고.

"이해가 안 가요, 어떻게 부모를 버릴 생각을 하는 건지."

"그게 인간입니다. 애석하게도 말이지요."

노형진은 혀를 끌끌 찼다.

"이 자료를 가지고 싸우면 상당액을 감면할 수 있겠어요."

고연미의 말에 노형진은 고개를 끄덕거렸다.

하지만 그걸로만 끝나서는 안 된다.

"하지만 상대방을 처벌하기는 힘들지요."

"아예 불가능할 텐데요?"

유기 치사나 유기 치상이 되려면 그들이 성호준을 버린 것이 인정이 되어야 한다.

문제는, 성호준이 이미 사망했고 그가 나가 사는 것에 스스로 동의했을 가능성이 크다는 것이다.

"성호준이 무슨 잘못을 했는지 모르지만, 일단 성호준이 그에 관련되어서 약해진 것은 사실이니까요."

"그게 유기 치사상이 되나요?"

"그게 문제입니다."

동의를 받고 방을 구해 주는 행위를 한 경우 과연 그게 유기가 될 것인가?

"기존의 사건과는 좀 다르지요."

기존에는 버려진 상황에서 일방적으로 입을 다물어 버린 것이다. 자식에게 짐이 되느니 차라리 조용히 죽겠다면서.

"하지만 방을 구해 준 것은 그들이 맞습니다."

그리고 성호준이 거기에 동의해서 나간 것도 사실이다.

"즉, 동의가 있었기 때문에 유기가 되지 않을 가능성이 높습니다."

"유기만 인정되면 민사에서 상당 부분 유리할 텐데요."

"그렇지요."

"재산에 관한 부분은요?"

고연미는 혹시나 해서 물었다.

재산이 성호준의 이름으로 되어 있으면, 어쩌면 방법이 있을지도 모르니까.

하지만 노형진 역시 그 부분을 확인한 후였다.

"재산은 유가족, 정확하게는 성호준 씨의 아들인 성만세의 이름으로 되어 있습니다."

상속 문제로 싸울 수도 없는 상황이다.

돈도 없고 아들도 하나뿐이니까.

"결국 재판에서 어느 정도 돈을 줄일 수는 있겠지만 완벽하게 안 주거나 할 수는 없겠군요."

이건 사회적으로 그리고 법적으로 구조가 잘못되어 있기 때문에 벌어진 일이다.

부모를 버린 인간의 권리가 그를 구한 사람보다 앞서는 괴상한 상황.

'물론 재판을 하면 그 책임을 많이 묻지는 않겠지만.'

그래도 2천에서 3천 사이의 배상금이 나올 수밖에 없다.

어찌 되었건 사람이 죽은 건 사실이니까.

'가장 좋은 방법은 그 돈 이상의 타격을 입히는 건데…….'

남을 도울수록 피해를 입게 되는 사회구조.

"흠……."

노형진은 머리를 긁적였다.

"아내분은 벌써 몇 년 전에 돌아가셨지요?"

"네."

"돈을 줘야 하는 건가?"

이리저리 작전을 짜 보지만 영 좋은 방법이 나오지 않는 상황.

집행유예를 받은 것도 억울해 죽겠는데 거기에다 돈까지 배상하라니.

"역시 언론 플레이밖에 없나……."

고연미의 말에 노형진은 고개를 흔들었다.

"전에도 말했지만 사회적으로 언론 플레이를 한다고 해도 대부분 부정적인 시선만 받을 겁니다. 능력도 안 되면서 누군가를 도우려고 하는 것에 대해 한국은 칭찬하면서도 한편으로는 병신 취급하니까요. 더군다나 그게 성공이나 실패냐에 따라 달리 보는 문제도 있고요."

만일 성공했다면 사회적으로 영웅이 되었을 테지만 실패하면 사람들은 그러니까 왜 쓸데없는 짓을 했냐고 빈정거린다.

"그리고 실패했지요. 물론 억울하다는 점에서 어느 정도 커버되겠지만요. 하지만 이게 민사라는 게 참 애매해요."

설사 언론 플레이를 한다고 해도, 형사사건이라면 국민여론에 따라 형량이 변동될 수도 있지만 현실적으로 민사소송은 그다지 영향을 받지 않는 편이다.

"더군다나 민사소송은 아무래도 사람들이 중립적인 포지션을 취하려고 하는 성향이 있지요."

고연미도 고개를 끄덕거렸다.

"인정할 수밖에 없네요. 병신 같은 일이 워낙 많았어야지요."

인터넷에서는 자기가 억울하다는 글이 하루에도 몇 번씩 올라온다.

그리고 그중 몇 개는 사회적으로 큰 파장을 일으키는데, 정작 조사 결과 정반대인 경우가 워낙 많았다.

가령 엄마가 이혼소송에서 유리한 자리를 차지하기 위해 자식을 세뇌시켜서 아버지가 강간했다고 이야기하도록 한다든가 하는 식의 사건들 말이다.

"형사사건에는 공권력이라는 기준점이 있지만 민사소송에는 그런 게 없으니까요."

그렇다 보니 사람들은 민사소송의 언론 플레이에는 그다지 휩쓸리지 않는다. 한쪽이 좀 유명인이라면 모를까.

"그러면 어떻게 하지요?"

"일단은 정석으로 가지요."

"정석?"

"그들이 그 돈을 받을 가치가 없다는 쪽으로요."

노형진은 그동안 조사한 자료를 건네며 말했다.

"기본적으로 손해배상이라는 것은 두 가지가 핵심이니까요."

첫 번째는 재산적 손해, 두 번째는 정신적 손해.

사람이 죽은 경우 재산적 손해는 그가 평생 벌 돈으로 감안하고, 정신적 손해는 그가 주변과 얼마나 친했는지를 감안한다.

"일단 첫 번째 부분은 그다지 높지 않을 겁니다."

나이가 65세였고 이미 은퇴한 후다.

일하는 곳도 없었고 취업 가능성도 거의 없었다.

"두 번째 부분에서는, 이 부분이 상당 부분 감액해 주기는 하겠네요."

자식이 이미 버린 사람이다.

만일 모시고 살았거나 하다못해 양로원에라도 모셨다면 모르겠지만, 이 기록대로라면 그들은 성호준을 그냥 버린 것이다.

"일단은 그걸로 싸우세요."

"네? 이걸로 싸우라고요? 물론 감액되기는 할 것 같지만……. 이 정도면 대략 2천에서 3천 정도로 끝날 것 같긴 한데……."

고연미는 고개를 갸웃했다.

그녀는 바보가 아니다. 도리어 상당히 똑똑하다.

"이걸로 싸우라는 말씀은, 시간을 끌라는 뜻인가요?"

"네."

"아니, 그러면 어쩌시려고요? 시간을 끈다고 해 봐야 그다지 상황이 바뀔 것 같지 않은데요."

"물론 현실적으로는 그렇지요. 하지만 그놈들이 소송을 취하하게 할 수는 있습니다."

형사사건의 경우는 사람이 죽었기 때문에 어떻게 취하하거나 없는 사건으로 만들 수가 없었다.

"하지만 이건 좀 다르지요."

애초에 민사까지 가서는 안 되는 사건이었다.

그럼에도 불구하고 민사소송을 진행하면서 돈을 요구하고 있다.

"제가 소를 취하하는 쪽으로 몰아가려고요."

"과연 해 줄까요? 저도 협상하러 가서 봤지만 그 인간들, 욕심이 어마어마해요."

고연미는 부정적으로 얼굴을 흔들었다.

"물론 그냥은 안 해 주겠지요."

노형진은 고개를 끄덕거렸다.

"하지만 다른 죄목으로 그들을 흔들면서 숨통을 조일 수는 있을 것 같습니다."

"다른 죄목요?"

"성호준 씨가 살던 고시원에서 이야기를 들어 보니 전에도 한번 심장마비가 온 적이 있다고 하더군요."

"그래요?"

"네. 그래서 고시원에서 병원에 입원시켜서 치료해 줬다고 합니다. 그런 일이 있었으니 이번 사건을 유기 치사로 밀어 넣으려고 합니다."

"유기 치사요?"

"네."

노형진은 고개를 끄덕거렸다.

누군가를 보호해야 하는 의무가 있는 사람이 그를 방치하여 사망이 발생하는 경우 그걸 유기 치사라고 한다.

"하지만 유기 치사는 이번 민사와 전혀 관련이 없잖아요."

"압니다. 하지만 우리가 재판에서 이길 필요가 있나요?"

"네?"

"형사야 그렇다 쳐도, 민사에서 이길 필요가 있느냐 이거지요."

"그게 무슨……?"

고개를 갸웃하던 고연미는 아차 싶었다.

그녀는 재판에서 이길 생각만 했다.

물론 형사에서는 그게 맞다. 모 아니면 도가 바로 형사사건이니까.

"그렇지만 이건 민사잖습니까?"

민사는 모 아니면 도가 아니다.

개도 있고 걸도 있다.

"재판에서 돈을 깎는 것도 이기는 거겠지요. 하지만 반대로 그들을 압박해서 소를 취하하게 하는 것도 이기는 겁니다."

"아……."

고연미는 그런 노형진의 생각에 너무 놀랐다.

"저는 지금 이기는 생각만 하고 있었는데요?"

"물론 이기는 생각만 하는 게 변호사입니다. 그게 정상이지요. 하지만 그 방법을 하나만 쓸 이유는 없지요."

노형진의 말에 고연미는 고개를 끄덕거렸다.

"압박을 가해서 소를 직접 취하하게 만든다…… 좋은 생각이네요."

"네. 사실 대부분의 힘 있는 사람들이 쓰는 방법이지요."

그 방법이 없는 게 아니다.

다만 일반적인 사람들에게는 쓰지 않으니까 생각을 못 한거다.

대부분 이런 방법을 쓰는 사람들은 돈이 있고 권력이 있는자들이다.

"고연미 변호사님도 아시지 않습니까, 우리 새론의 모토를."

고연미는 고개를 끄덕였다.

"모두에게 공평한 법률 지원이죠."

"네, 그게 설사 약간 부당하다고 해도 말이지요."

노형진은 씩 웃었다.

"전면에 나서서 최대한 시간을 끌어 주세요. 저는 그 집안을 아주 작살을 내고 오겠습니다, 후후후."

⚖

"노친네가 죽은 건 좋은데 교통사고 같은 걸로 죽었으면 얼마나 좋아?"

"그러게 말이야. 그랬으면 억 단위로 두둑하게 당겼을 텐데."

아버지가 죽었음에도 성만세는 전혀 안타까운 감정이 들지 않았다.

사실 성만세에게 있어서 성호준은 좋은 아버지가 아니었다.

가난한 집에서 매일같이 일만 하던 무능력한 아버지였다.

성만세는 열심히 공부해서 집안을 일으켰지만, 그 무능한 아버지는 하루하루 먹고사는 것도 바쁘게 만들었다.

"근데 여보, 그 남자한테서 돈을 뜯어낼 수 있을까? 형사 사건에서도 그렇게 터무니없는 형량이 나왔는데."

"일단 형사에서 형량이 나왔으니까 받아 낼 수 있어. 걱정하지 마."

"형량이 좀 더 나왔으면 좀 더 뜯어낼 수 있었을 텐데."

"그러니까. 하지만 사람을 구하기 위해 한 행동이라고 감

형 사유라잖아. 좋게 생각하자고. 그 새끼가 쌩 까고 그냥 갔
으면 우리가 이렇게 공돈이라도 벌 수 있었겠어?"

"하긴 그러네, 호호호."

그들은 앞으로 들어올 돈으로 뭘 할지, 행복한 상상에 빠
졌다.

아내인 허세안은 명품 백을 살 생각이었고 성만세는 새로
나온 골프채 세트를 살 생각이었다.

"그나저나 그 협상에 나온 여자가 영 꺼림칙한데."

"아, 전직 연예인이었다는 그 여자?"

"그래. 좀 위험한 거 아닐까?"

"그래도 몇천은 건지겠지."

그들은 낙천적으로 생각하면서 재판까지 느긋하게 시간이
나 보낼 생각이었다.

하지만 그들의 이런 생각은 오래가지 못했다.

'찌잉' 소리와 함께 누군가 인터폰을 눌렀기 때문이다.

"누구지?"

성만세는 고개를 갸웃하면서 자리에서 일어났다. 그리고
인터폰을 들어서 상대방을 확인했다.

"누구십니까?"

─경찰입니다.

신분증을 내밀면서 말하는 남자들.

일단 경찰이라는 말에 성만세는 순순히 문을 열었다.

설마 이 보안 좋은 아파트에 경찰을 사칭해서 침입하려는 놈은 없을 거라 생각했기 때문이다.

"성만세 씨?"

엘리베이터를 타고 올라온 남자들은 성만세를 보고 일단 신분 확인을 했다.

"네, 무슨 일이지요?"

"경찰서까지 함께 가 주셔야겠습니다."

"경찰서에요?"

"네."

"아니, 이 늦은 시간에 경찰서에는 왜요?"

성만세는 느긋하게 말했다.

자신이 고발한 그 녀석에게 무슨 일이라도 생긴 모양이라고 생각했기에 조금도 다급하지 않았다.

하지만 그다음 말에 그는 심장이 미친 듯이 뛰기 시작했다.

"성만세 씨에게 유기 치사로 고발이 들어왔습니다."

"네?"

성만세의 눈이 격하게 떨렸다.

⚖️

"유기 치사라는 것은 보호를 하지 않아서 죽는 거지요."

노형진은 좀 멀리 떨어진 곳에서 성만세가 경찰에게 끌려 나오는 걸 보고 있었다.

정확하게는 끌려 나온다기보다는 현재로서는 참고인으로 동행할 뿐이지만.

"하지만 이번 사건이 유기 치사가 되나요?"

무태식은 노형진의 말에 고개를 갸웃했다.

이번 사건에서 성호준을 죽인 것은 오진철이다.

그런데 유기 치사라니?

"그 부분이 조금 애매하지요. 확실히 오진철 씨가 성호준 씨를 죽인 것은 사실이니까요."

비록 그 목적이 좋았다고 해도 결국 그 결과는 바뀌지 않는다.

"그런데 우리는 성호준 씨에게 집중하고 있는 사이에 기본적인 걸 잊고 있었습니다."

"성만세 말이군요."

"네. 성만세는 자신의 아버지를 버렸지요."

사실 노형진도 그 부분을 완전히 생각하지 못했다.

이번 사건이 살인이냐 아니냐 하는 단순한 생각에 빠졌기 때문이다.

하지만 민사를 위해 소송을 준비하면서 성만세가 어떤 인간인지 그리고 성호준에게 어떤 행동을 했는지를 알아낼 수 있었다.

그리고 그제야 노형진은 자신이 보지 못한 부분이 어딘지 알아차렸다.

"유기 치사의 죄는 어디까지 성립될까요?"

"네?"

"만일 유기해서 그 사람이 굶어 죽으면 그건 유기 치사겠지요?"

"그렇지요."

"그러면 그 사람이 얼어 죽으면 그것도 유기 치사겠지요?"

"그렇지요."

무태식은 고개를 끄덕거렸다.

한번 대대적으로 했던 사건이기에 유기 치사의 처벌 규정에 대해서는 잘 알고 있었다.

"그렇다면 이 경우는 어떤가요? 버리기는 했어요. 겨울에요. 그래도 제법 두둑한 옷을 입혀서 버렸지요. 그런데 그걸 강도가 뺏어 갔어요. 그래서 유기된 사람이 얼어 죽었어요. 그러면 이건 유기 치사인가요?"

"으음?"

무태식은 묘한 표정이 되었다. 과연 그게 유기 치사일까?

"좀 애매하군요."

방치로 인해 죽은 것은 사실이다.

하지만 직접적으로 죽이거나 죽이라고 사람을 보낸 게 아니다.

그냥 재수 없게 강도를 만난 것뿐이다.

"그러면 법원에서는 이 문제에 대해 어떻게 판단할까요?"

"아…… 복잡하네요."

만일 유기하지 않고 보호했다면?

아마도 강도를 만나지 않았을 것이다.

하지만 보호 대상을 버렸고, 그 때문에 강도를 만났다.

"이번 사건도 마찬가지입니다. 만일 성만세가 성호준을 보호했다면 벌어지지 않았을 사건인 거지요."

작년에 심장마비가 왔을 때 적절한 시술을 했을 테니까. 아니, 애초에 심장마비가 단 한 번도 오지 않았을 가능성도 있다.

"이게 진짜 애매해지는군요."

유기로 인해 사망하는 과정인 것인가, 아니면 제삼자에 의한 타살인가.

"일단 한 가지는 확실하지요. 직접적인 살인죄가 성립되지 않는다고 해도 유기죄는 성립된다는 거지요."

"하지만 형사사건이 바뀔 것 같지는 않은데요."

유기한 것은 사실이지만 그가 죽인 것은 아니니까.

더군다나 노형진의 조사에 따르면 유기한 지 제법 오래되었다고 하니 현실적으로 그 직접적 관계성을 따지기가 힘들다.

"전에도 말씀드렸지만 이 문제에서 더 이상 형량을 줄이기는 힘들 겁니다."

"그건 그렇지요."

"하지만 민사라면 다르지요."

"네? 민사라면 다르다니요?"

노형진은 어리둥절한 표정이 되어서 바라보는 무태식을 보고 웃었다.

"유기된 사람을 구하는 상황에서 오진철은 분명 피해를 입었습니다. 그건 확실하지요?"

"맞습니다."

그 과정에서 그는 엉뚱하게 처벌받아야 했으니까.

"그러면 그 불법행위로 인한 피해로 볼 수 있겠지요?"

"어…… 복잡하네요."

유기 치사와 마찬가지로 복잡한 문제가 된다.

만일 성만세가 성호준을 유기하지 않았다면 그를 구하기 위해 오진철이 심폐 소생술을 할 이유도 없었을 테니까.

"맞습니다. 제가 원하는 게 그 애매함이지요."

이게 누가 죽인 것이라고 봐야 하는가, 그리고 그 책임이 어디까지냐에 따라 그 재판과 처벌이 달라질 것이다.

"그리고 그 건으로 처벌을 당하게 된다면 성만세는 기분이 어떨까요?"

"아……."

노형진은 그를 극한으로 밀어붙일 생각이었다.

그리고 그 과정에서 소의 취하를 이끌어 낼 생각이었던 것
이다.

"작전명 '같이 죽자'입니다, 후후후."

노형진은 경찰차를 타고 멀어지는 상만세 부부를 바라보
면서 차갑게 말했다.

"어디 한번 같이 죽어 보자고요."

다음 권으로 이어집니다

소구장 스포츠 장편소설

다시 태어난
야구 천재

문피아 전체 1위에 빛나는 대작!
150km/h짜리 공을 던지는 고교생이 있다?
탈고교급 야구 천재의 화끈한 귀환!

가혹한 혹사로 찢어져 버린 어깨
머리에 맞은 공으로 망가져 버린 평형감각
그리고 새로운 시작

프로젝트 리스타트를 실행합니다.
[대상 : 윤현]
[복구 시기 : 2009년 7월 28일]

페인이 돼서도 야구를 포기하지 않던 윤현
두 번째 기회를 얻었다!

"이번 생은 KBO가 아닌 메이저리그다!"

메이저리그를 씹어 먹는 괴물 투수 윤현
그의 거침없는 질주가 시작된다!

꿈의 도약, 로크에서 하십시오
(주)로크미디어에서 신인 작가를 모십니다

즐거운 세상, 로크미디어는 꿈을 사랑하고 도전을 두려워하지 않는 작가 분들의 참신한 작품을 기다리고 있습니다. 21세기 장르 문학계를 이끌어 갈 차세대 선두 주자 (주)로크미디어에서 여러분의 나래를 활짝 펴 보시길 바랍니다.

모집 분야 판타지와 무협을 포함한 장르 문학
모집 대상 아마추어 작가, 인터넷 작가
모집 기한 수시 모집

작품 접수 시 유의 사항

1. 파일명은 작가명_작품명.hwp형식을 갖춰 주십시오.
1. 파일에 들어갈 내용은 다음과 같습니다.
   - 성명(필명인 경우 실명을 밝혀 주세요), 연락처, 이메일 주소
   - 제목, 기획 의도
   - A4용지 1장 분량의 등장인물 소개
   - A4용지 2장 분량의 전체 줄거리
   - 본문
1. 작품이 인터넷에 연재되고 있다면, 게시판명과 사이트의 구체적이고 정확한 주소를 기재해 주십시오.

선택된 작품은 정식 계약 후 출판물로 간행되어 전국 서점에 유통됩니다.
작가 분은 (주)로크미디어의 전폭적인 지원하에 전속 작가로 활동하시게 됩니다.
※ 자세한 내용은 로크미디어 홈페이지(rokmedia.com)를 참조하세요.

(03920)서울시 마포구 성암로 330 DMC첨단산업센터 3층 318호
(주)로크미디어 편집부 신간 기획 담당자 앞
전화 : 02) 3273 - 5135
www.rokmedia.com   이메일 : rokmedia@empas.com

ROK
MEDIA
롤크미디어

틴타 현대 판타지 장편소설

다시 한 번
아이돌

ONCE AGAIN IDOL

#No환승 #No휴덕 #저세상주접킹양산
소울 가득 B급 감성부터 소름 돋는 대형 군무까지
돌덕들의 빛과 소금이 될 그 아이돌이 온다!

화상을 입고 아이돌의 꿈을 포기한
10년 차 연습생 서현우
트레이너로서 유명 돌들을 양성하던 중
갑작스럽게 데뷔 전으로 돌아가다!

회귀자 짬밥으로 무사히 데뷔해
크로노스를 스타덤에 올려놓은 그는
무대마다 뜻밖의 주목을 받으며
연예계의 중심에 서기 시작하는데……!

숨길 수 없는 반전 매력 무대의 향연!
그가 무대에 설 때 역대급 라이브가 펼쳐진다!

ROK
MEDIA
로크미디어
블랙라벨 대체역사 소설
삼국지 환상 동탁전
삼국지 빙의자의 필수 교양은 무력? 지력?
No No, 이젠 도력이다!
의문의 적에게 맞서기 위해 동탁으로 부활한 기업가
그런 그가 선택한 방법은 **삼국지판 Simcity!**
혼란에 빠진 천하의 한복판 하동에서
한나라의 르네상스를 꽃피우며
만인의 적 동탁, 일기당천들의 군주로 거듭나다!
그렇게 동탁은 행복하게 살았……을 리가 있나!
역사로 안배돼 있던 사건들이 뒤틀리며
동탁의 태평천하를 위협하고
그 배후에서 그놈의 흔적이 발견되는데……
서량의 호걸 동탁 중영
도술과 지략으로 혼란한 천하를 구원하라!